莫言 | 主要作品

红高粱家族
天堂蒜薹之歌
十三步
酒国
食草家族
丰乳肥臀
红树林
檀香刑
四十一炮
生死疲劳
蛙

○●○

白狗秋千架（小说集）
爱情故事（小说集）
与大师约会（小说集）
欢乐（小说集）
怀抱鲜花的女人（小说集）
战友重逢（小说集）
师傅越来越幽默（小说集）

○●○

姑奶奶披红绸（剧作集）
我们的荆轲（剧作集）

Winner of
the Nobel Prize
in Literature

儿 子 的 敌 人

儿子的敌人

莫言短篇小说精品系列

浙江文艺出版社

目录

猫事荟萃 / 001

养猫专业户 / 040

马语 / 058

遥远的亲人 / 062

屠户的女儿 / 084

麻风的儿子 / 103

祖母的门牙 / 120

姑妈的宝刀 / 137

儿子的敌人 / 155

人与兽 / 185

凌乱战争印象 / 207

革命浪漫主义 / 217

猫 事 荟 萃

　　数月来日夜攻读鲁迅先生的著作——这是一个双目炯炯匪气十足的朋友敦促的结果。当时他对我说:"你一定要读鲁迅。"我不以为然地说:"读过了呀。"他说:"读过了还要读!要下死功夫!"随即这"读鲁迅"的话头也就扔掉,喝着酒扯到鲁迅的小说。我马虎地记着前些年一些文章中说鲁迅先生曾计划要写一部红军长征的长篇小说,终未写成,是天大的遗憾,云云雨雨。朋友则说一点都不遗憾,鲁迅先生如果真写成了这部小说,也未必就是伟大著作,伟大人物也有他的局限性。他认为先生最大的遗憾是没有修成一部中国文学史,先生是有这能力有这计划并做了充分准备甚至拟定了一些篇目,如"《离骚》与反《离骚》"、"从廊庙到山林"之类,这些篇目就不同凡响,此书若成,才是真正的杰构。又扯到老舍先生，朋友认为老舍备受推崇的几部书如《四世同堂》之类，"水"得很，因老舍在沦陷后的北平呆了并没几天，他的最伟大的著作是仅写了开头八万字的《正红旗下》，此书若成，亦不是可以什么同日而语的。看来"面壁虚造"真是文学的大敌，近年来被青年作家们几乎忘光了的革命现实主义创作原则并没过时，事情怕只要没亲身体验过就难得其中真正的味道，调查也好、读档案也好，得到的印象终究模糊。大如某先生的滚滚历史长河小说，也是一部比一部稀松，农民起义领袖都像在党旗下举着拳头宣过誓的共产党员了。这使人十分容易想起"评法家"的故事，贴上十分"马克思主义"的商标，也未必就是马克思主义的真货。真是到了认真读马列主义的时候了，不但青年作家要读，老年作家恐怕也要读，因为马列主义并不是如"长效磺胺"类的药品，吞一丸可保几百年不犯病——我"死读"鲁迅了。读到妙处，往往心惊肉跳；读到妙处，往往浮想联翩。心惊肉跳是不能入小说了，浮想联翩大概是艺术的摇篮或曰"翅膀"吧？

鲁迅先生的《狗·猫·鼠》里，写着："那是一个我的幼时的夏夜，我躺在一株大桂树下的小板桌上乘凉，祖母摇着芭蕉扇坐在桌旁，给我猜谜，讲故事。忽然，桂树上沙沙地有趾爪的爬搔声，一对闪闪的眼睛在暗中随声而下，使我吃惊，也将祖母讲着的话打断，另讲猫的故事了——"先生的祖母给先生讲了猫如何教虎捕、捉、吃的本领，虎以为全套本领学到，只要灭了猫，老子便天下第一，就去扑猫，猫一跳便上了树。这故事我在高密东北乡当天真烂漫的幼儿时，也听老人们说过，几乎一模一样，只是比先生晚听了七十多年。想想这故事倒像一个寓言或讽刺小说。在这故事中，猫是光彩夺目的，虎却不怎么样。

在人的世界里，口头流传或见诸书刊的猫事不比狗事少，鲁迅先生文章中举过一些例子，如 Edgar Allan Poe 小说里的黑猫，日本善于食人的"猫婆"，中国古代的"猫鬼"，等等。但这都是丑化猫的，美化猫的例子没举，这类猫也是很多的。这类猫或聪明伶俐，如《小猫钓鱼》；或娇憨可爱，如《好猫咪咪》；或执法如铁，如《黑猫警长》。这类猫与"猫婆"、"猫鬼"、"猫精"们成为鲜明的对照，善与恶、正与邪、美与丑，截然对立，前者给儿童心灵留下阴影，后者使儿童心灵美。在一片"我是一个父亲"的呼声中，我这个父亲也茫然如坠大荒，不知是该把 Edgar Allan Poe 的书烧掉呢，还是在孩子的课本上涂满美猫的形象——这大概也是杞忧，上述猫形象并存于世，久矣，我辈也并没因受猫鬼猫怪们的影响而变成魔鬼，也没有因真善美猫的影响而变成天使。正如人不是天使也不是魔鬼一样，猫也不是恶的典型或美的象征；正如阴邪奸诈的猫形象与活泼美丽的猫形象可以并存一样，写人的阴暗心理与写人的光明内心的作品也未尝不可并存，谁也不会去有意毒杀孩子。猫撒娇时、猫捕鼠时的形象是有益儿童的，可猫偷食墙上悬挂的带鱼时、猫偷食儿童养的鸟雀时却未必使童心爱猫。编造十万则美好的猫童话，猫一旦偷食了小鸟，童心还是要觳觫，岂止觳觫，他会感到受了骗，才被猫钻了空子，早知猫吃鸟，他不会把鸟笼挂得那么低。

还有一类猫形象，就很难用善或恶来概括了。记得前几年看过戴晴一篇写猫的小说《雪球》，还看过中杰英一篇《猫》，都有些象征意味，固然这两只猫被写得猫毛毕现，但总让人想到某种人的生存状态，对认识猫世界无多裨益。

还有一类被剥了皮的猫，最著名的是《三侠五义》中被太监郭槐剥了皮换出太子的狸猫。这类猫最冤枉，既没寄托作者的高尚感情，又没发作者的刻毒心理，但被剥皮的狸猫这形象真不但令童心觳觫，连翁心也觳觫了。《三侠五义》看过多年，故事都忘了，这血淋淋的猫形象却历历在目。我认为这剥皮狸猫实在是该书的精彩象征物，无意之象征实乃大象征。那后被皇帝封为"御猫"的大侠展昭我总感觉他是那匹正在等待太监们剥皮的狸猫，还没剥皮是因为白玉堂、卢方、徐庆、韩彰、蒋平这五匹大耗子还在兴风作浪，扰乱朝廷，捉尽了耗子必剥猫皮无疑。猫皮可充貂皮做女大氅之风领，猫之肉体则可与鸡、蛇做伴，成一盘名为"龙虎凤大斗"的名菜。我还是在十几年前看李六如先生的《六十年的变迁》时，知道了广州有这样一道名菜。剥皮之猫一旦被烹炸成焦黄颜色与鸡、蛇一起盘桓一大盘中，芳香扑鼻。看着书就垂涎，还觳觫个屁！可见影响人的感觉的，多半是颜色和味道，同是一只剥了皮的猫。

换了太子的狸猫和盛在盘里的"猫虎"还是幸运的，起码在它临被剥杀前，会得到主人精心喂养。因要换太子，就要肥大些；因要成名菜，自然要有肉吃。这些猫生前还是享福的。真正受苦的猫是受虐待的猫，如冰岛女作家F·A·西格查左特小说《傍晚》中那只无辜受害的猫，虐待者是一个受虐待的少年，他把猫当成了发泄胸中愤怒的对象。这少年绝对不是受了写猫小说的影响，如受恶猫形象影响，他若以为猫能成精成怪，谅他也不敢下手；如受美猫形象影响，爱都爱不够，何忍折磨它？如果冰岛也有一个剥猫皮的郭槐，自然又另当别论。

以上都是书上的猫，不是真猫。

有关猫闹春的描写或以猫闹春时发出的恶劣叫声比喻坏女人笑声的字句在小说里比比皆是，可见猫与人生活关系之密切。可见人非但对同类的事情十分地感兴趣，对猫的恋爱也颇为关注。人即便是成了什么"作家"或"灵魂的工程师"，也并未超脱到坐怀不乱的程度，更未坦荡到敢把自己的叫声像写猫的叫声一样恶毒地写出来的程度。不过也是咎由猫取，如猫们悄悄地干那事，也就没人骂他们，甚至可以去骂别人了。鲁迅先生是嫉恶如仇的，他说他手持长竿把恋爱中发出狂呻的猫们打跑，这是因为他要夜读。只要不烦扰他，先生也决不会手持长竿去专找情猫们痛打的。视性描写如洪水猛兽，中外大都有过这阶段，目下在小书摊上高价出售的英人劳伦斯的大著《查泰莱夫人的情人》当年在英国亦是禁书，禁又禁不住，干脆开了禁，印上几十万本，也就蹲在书架上无人问津了。目下在小书摊上的这《查泰莱夫人的情人》听说售价已由十五元降至八元，再过几天连八元也卖不出了吧？国家禁书，小书摊发财，这也要怨读者不能令行禁止，越说是老虎，偏要捋虎须，这也是人类一个既宝贵又可恶的特点。

还是猫事为要，至于性描写，大家其实心里都有数。一窝蜂钻进裤裆里去不好，避之如蛇蝎也不是好态度。私心而论，一个"作家"（加引号是向别人学习，我始终怀疑作家是当然的"灵魂工程师"的资格，好像一戴上"作家"桂冠，自然就成了德行高贵的圣人，就不争权夺利，就见了漂亮女人掩面哭泣，就不去偷别人的老婆，就不嫉妒别人的才能，就不写错别字，就不大便与放屁，这样的好"工程师"大概还没出生）敢暴露阴暗心理总比往自己的阴暗心理上涂鲜明色彩的人要可信任一些。即便是交朋友，也要交一个把缺点也暴露给你的人。其实都是废话，只有一句话是真的。连我在内，也是"马列主义上刺刀"的时候多。只有到了人人敢于先用"马列刺刀"刮了自己的鳞，然后再用"马列刺刀"去剥别人的皮的时候，被剥者才虽受酷刑而心服口服。

半夜里的猫叫对于成人，其实并不残酷，对于孩子，才真是精神上的酷刑。我在孩提时代，一听到这凄厉的"恋爱歌曲"就拼命往被窝里缩，全不怕呼吸哥哥姐姐母亲父亲及我自己的屁臭脚臭与汗臭的——这又不是好的话，怎么哥哥姐姐父亲母亲都睡一个被窝呢？这只好为读者（一部分）解释了：睡在一个被窝里并不是要为乱伦创造便利，而是为了取暖，而是为了全家只有一条被子。这当然都是过去的事了。其实饥饿和寒冷是彻底消灭性意识的最佳方案，一九六〇、一九六一、一九六二这三年，我所在的村庄只有一个女人怀过孕，她丈夫是粮库的保管员。到了一九六三年，地瓜大丰收，村里的男人和女人吃饱了地瓜，天气又不冷，来年便生出了一大批婴儿。——这正应了"饱暖生淫欲"的旧话。这批孩子，被乡间的"创作家"们谑称为"地瓜小孩"。这都是过去的事了，随便扯来，竟也感觉不到有多大恐怖，一旦吃饱，那饿肚的滋味便淡忘了许多，以为那果真就是一场梦。我之所以还有些感受，大概是因为一九七六年参军之前，很少与"丰衣足食"这种生活结过亲缘的关系。当兵之后，一顿饭吃八个馒头使司务长吃惊的事也是经历过的，扯得更远啦，打住。

暗夜中之猫叫，是关于猫的最早记忆，真正认识一只猫，并对这只猫有了深刻了解，则是很晚——大概是一九六四年的事情吧。因为那时村里住进了"四清"工作队，工作队一个队员来我家吃"派饭"时，那只猫突然来了，所以至今难忘。

当时，有资格为工作队员做饭，是一种荣誉，一种政治权利。地主、富农、反革命、坏分子、右派家是无权的，大概怕这些坏蛋们在饭菜里放上毒药，毒杀革命同志吧。富裕中农（上中农）家庭比较积极的，可以得到这殊荣，比较落后的，就得不到。所以我家得到招待工作队员吃饭的通知时，大人孩子都很高兴，很轻松，心里油然生出一片情，大有涕零的意思。那些被取消了"派饭"资格的中农户，可就惶惶不安起来，也有提着酒夜间去村里管事人家求情，争取"派饭"资格的。——这种故事一直延续到一九七六年之后。自"四清"工作队之后，各种名目的工作队一拨一拨进村来，有"学大寨工作队"，"整党建党工作队"，"普及忠字舞工作队"，"斗私批修工作队"。给我留下深刻印象的是一九七三年那支"学大寨工作队"。那支队伍有二十七个人，队员和队长都是县茂腔剧团里的演员和拉胡琴、敲小鼓的。这群人会拉会唱会翻筋斗，人又生得俏皮，行动又活泼，把村里的大姑娘小媳妇青年小伙子给弄得神魂颠倒，这工作队撤走后，很留下了一批种子，只可惜长大了，也没见个会唱戏的就是了。这段故事也许编成个小说更好。

"四清"工作队是最严肃的工作队，水平也最高，后来的工作队都简直等于胡闹。与其说他们下来搞革命，毋宁说他们下来糟践老百姓。我记得派到我们家吃饭的那个"四清"工作队员是个大姑娘，个子不高，黑黑瘦瘦的，戴一副近视眼镜，一口江南话，姓陈，据说是外语学院的学生。家里请来了这尊神，可拿什么敬神呢？那时生活还是不好，白面一年吃不到几次的，祖父是有些骨气的，愤愤地说："咱吃什么就让她吃什么！"我们吃什么？霉烂的红薯干、棉籽饼、干萝卜丝子，这都是好的了，差的就无须说了。祖母宽厚仁慈，想得也远，因我父亲那时是大队干部，请着就不是玩。于是决定尽量弄得丰盛一点。白面还有一瓢，虽说生了虫，但终究是白面；肉是多年没吃了，为贵客杀了唯一的一只鸡；没有鱼，祖母便吩咐我跟着祖父去弄鱼。时令已是初冬，水上已有薄冰，我和爷爷用扒网扒了半天，净扒上些瘦瘦黑黑的癞蛤蟆，爷爷抽搐着脸，咕咕哝哝地骂着谁，后来总算扒上来一条大黄鳝，可惜是死的，掐掐肉还硬，闻闻略略有些臭味，舍不得丢，便用蒲包提回了家。祖母见到这条大黄鳝，十分高兴。我说臭了，祖母触到鼻下闻闻，说不臭，是你小孩嘴臭。祖母便与母亲一起，把黄鳝斩成十几段，沾上一层面粉，往锅里滴上了十几滴豆油，把黄鳝煎了。鸡也炖好了，鱼也煎好了，单饼也烙好了，就等着那陈工作队员来吃饭了。

我闻着扑鼻的香气，贪婪地吸着那香气，往胃里吸。那时我有一种奇异的感觉，感觉到香味像黏稠的液体，吸到胃里也能解馋的，香味也是物质，当时读中学的二哥说，香味是物质，鱼香味是鱼分子，鸡肉香味是鸡分子，我恍然认为分子者就是一些小米粒状的东西，那么嗅着鱼香味我就等于吃了鱼分子——小米粒大小的鱼肉；嗅着鸡肉香味也就等于吃了鸡肉分子——小米粒大小的鸡肉。我拼命嗅着，脑里竟有怪相：那鱼那鸡被吸成一条小米粒大小的分子流，源源不断地进入了我的肚子。遗憾的是祖母在盛鱼的盘和盛鸡的碗上又扣上了碗和盘。我的肚子辘辘响，馋得无法形容。我有些恨祖母盖住了鸡、鱼，挫了我的阴谋。但马上也就原谅了她：要是鸡和鱼都变成分子流进了我的胃，让陈同志吃屁去？在我二十年的农村生活中，我经常白日做梦，幻想着有朝一日放开肚皮吃一顿肥猪肉！这幻想早就实现了，早就实现了。再发牢骚，就有些忘本的味道啦。

陈同志终于来了，由姐姐领着。

陈同志要来之前，祖母和母亲恨不得"掐破耳朵"叮嘱我：不要乱说话，不要乱说话——我从小就有随便说话的毛病，给家里闯过不少祸，也挨过不少打骂，但这毛病至今也没改，用母亲的话说就是："狗改不了吃屎！"这句话貌似真理，实则不正确，这边一块肥猪肉，那边一泡臭屎，我相信没有一匹狗不吃肉去吃屎，即便那屎也是吃过肉的人拉的，到底也是被那人的肠胃吸取了精华的渣滓，绝无比肉味更好、营养更丰富的道理，何况那都是吃地瓜与萝卜的人拉的屎呢。

陈同志进了院，全家人都垂手肃立，屁都憋在肚子里不放，祖母张罗着，让陈同志炕上坐。陈同志未上炕，母亲就把鸡、鱼、饼端上去，香味弥散，我知道那鱼盘和鸡碗上的碗和盘已被母亲揭开。

陈同志惊讶地说："你们家生活水平这样高？"

站在院里的父亲一听到这句话，脸都吓黄了，两只大手也哆嗦起来。

我是后来才悟出了父亲害怕的原因。父亲早年念过私塾，是村里的识字人，高级合作社时就当会计，后来"人民公社化"了，虽然上边觉得让一个富裕中农的儿子当生产大队的会计掌握着贫下中农的财权不太合适，但找不到识字的贫下中农，也只好还让父亲干，对此父亲是受宠若惊的，白天跟社员一块儿在田里死干，夜里回来算账，几十年如一日，感激贫下中农的信任都感激不过来，怎敢生贪污的念头？但"四清"开始，父亲当了十几年会计，不管怎么说也是个可疑对象——这也是祖母倾家招待陈同志的原因。

所以陈同志那句可能是随便说的话把父亲吓坏了。全村贫下中农都吃烂地瓜干子，你家里却吃鸡吃鱼吃白面，不是"四不清"干部又是什么？你请她吃鱼吃鸡吃白面，是拉拢腐蚀工作队！这还得了！

父亲吓得不会动了。

母亲和我们都是不准随便说话的。

祖母真是英雄，她说："陈同志，您别见笑，庄户人家，拿不出什么好吃的。看你这姑娘，细皮嫩肉的，那小肚、肠子也和俺庄户人不一样，让你吃那些东西，把你的肚和肠就磨毁了。所以呀，大娘要把那只鸡杀了，他媳妇还舍不得，我说：'陈同志千里万里跑到咱这兔子不拉屎的地方，不容易，要是咱家去请，只怕用八人大轿也抬不来！'他们都听话，就把鸡杀了。这鱼是你大爷和小狗娃子去河里抓的，冻得娃子鼻涕一把泪一把。我说：'为你陈大姑姑挨点冻是你的福气，像地主家的富农家的娃子，想挨冻还捞不着呢！'这面年头多了点，生了虫，不过姑娘你只管吃，面里的虫是'肉芽'，香着呢！快脱鞋上炕，他大姑，陈同志！"

我们只能听到祖母的说话声,看不到陈同志的表情。

祖母说完了话,就听到陈同志说:"大家一起吃吧!"

祖母说:"他们都吃饱了的,姑娘,大娘陪着你吃。"

我站在院子里,痛恨祖母的撒谎,心中暗想:你们大人天天教育我不要撒谎,可你们照样撒谎。这世界不成样子。

陈同志走出来,请我们一起去吃,父亲和母亲他们都说吃过了,很高兴地撒着谎,我却死死地盯着陈同志的眼,希望她能理解我。

她果然理解我啦。她说:"小弟弟,你来吃。"

我往前走了两步,便感到若有芒刺在背,停步回头,果然发现了父亲母亲尖利的目光。

陈同志有些不高兴起来,这时祖母出来,说:"狗娃子,来吧!"

母亲抢上前几步,蹲在我面前,拍拍我身上的土,掀起她的衣襟揩揩我的鼻涕,小声对我说:"少吃!"

我知道这顿饭好吃难消化,但也不顾后果,跟随着陈姑娘进了屋,上了炕。

在吃饭的开始，我还战战兢兢地偷看一下祖母浮肿着的森严的脸，后来就死活也不顾了——陈同志走后，因我狼吞虎咽，吃相凶恶，不讲卫生，嘴巴吧唧，嘴角挂饭，用袄袖子揩鼻涕，从陈姑娘碗前抢肉吃，吃饭时放了一个屁，吃了六张饼三段黄鳝大量鸡肉，吃饭时不抬头像抢屎的狗，等等数十条罪状，遭到了祖母的痛骂。城门起火，殃及池鱼，连母亲也因为生了我这样的无耻的孽障而受了祖母的训斥。祖母唠叨着："让人家陈同志见了大笑话！他爷爷都没捞着吃！我也没吃多点！"祖父愤愤地说："我吃什么？嘴是个过道，吃什么都要变屎！我从小就不馋！"

进了母亲的屋，母亲流着泪骂我，骂我不争气，骂我没出息，骂我是个天生的穷贱种。哥和姐姐也在一旁敲边鼓——他们其实是见我饱餐一顿眼红——真到了关键时刻，连兄弟姐妹也不行——爱是吃饱喝足之后的事——这也可能是乡下人生来就缺乏德行——没有多看"灵魂工程师"们的真善美的伟大著作之故——按时下的一种文学批评法，凡是以第一人称写出的作品，作品中之事都是作家的亲身经历，于是莫言的父亲成了一个"土匪种"，莫言的奶奶和土匪在高粱地性交……那么，照此类推，张贤亮用他的知识分子的狡猾坑骗老乡的胡萝卜，也不是个宁愿饿死也要保持高尚道德的人。这不是因为张贤亮说了什么话，我来攻击他，只是顺便举个例子。那些不用第一人称作小说的人也许能像伯夷叔齐一样吧？但愿如此。不过张贤亮行使的骗术并不是他的发明，他一定看过这样一本精装的书，书名《买葱》，里边写着这样一个故事：一乡下人卖葱，一数学家去买葱。买者问："葱多少钱一斤？"卖者答："葱一毛五分钱一斤。"买者说："我用七分钱买你一斤葱叶，八分钱买你一斤葱白，怎么样？"卖者盘算着：葱叶加葱白等于葱，七分加八分等于一毛五，于是爽快地说："好吧，卖给你！"——这个写《买葱》的人是个教唆犯。

就在那次吃饭的时候，我即将吃饱的时候，一只瘦骨伶仃的狸猫，忽地蹿上了炕。祖母抡起筷子就打在猫的头上，猫抢了一根鱼刺就逃到炕下那张乌黑的三抽桌下，几口就把鱼刺吞下去，然后虎坐着，目光炯炯地盯着炕桌上的鱼刺——这只猫还是恪守猫道的，它知道它只配吃鱼刺。祖母挥着筷子吓着猫，陈姑娘则夹着一节节鱼刺扔到炕下喂猫，猫把鱼刺吞下去。既是陈同志爱猫，祖母也就不再骂猫，反而讲起了猫故事，而这时我也吃饱了，看着祖母浮肿着的慈祥的脸，听着祖母讲述的猫故事——祖母那么平静地讲述猫事时，心里却充满对我的仇恨，这是我当时绝对想不到的。祖母说：

"猫是打不得的！猫能成精。"

陈同志微笑不语。

"早年间，东村里一个闲汉，养了一只黑猫，成了精，那闲汉想吃鱼啦，只要心里一想，不用说话，就有一盘煎好的大鱼，从半天空里飘飘悠悠，飘飘悠悠，落在闲汉眼前，酒盅、酒壶、筷子也跟着飘来。那闲汉想吃肉啦，只要一想，就看到一盘切成鸡蛋那么大的红烧猪头肉，喷香喷香，冒着热气，飘飘悠悠，飘飘悠悠，落在闲汉眼前……人吃饱了，就挑口吃了，有一天那闲汉想吃鲤鱼，飘来了一盘鲫鱼，闲汉生了气，把那盘喷香冒热气的鲫鱼给倒进圈（厕所）里了。黑了天，就听到黑猫在窗外说：'张三，你这个没良心的东西！你想吃鲤鱼，全青岛大小饭馆都没有，寻思着鲫鱼也不差，女人生了小孩没有奶都吃鲫鱼，就给你来一盘，一百八十里路，远路风程，给你弄来，你竟倒进圈里！张三，你等着吧，我饶不了你！'张三也不是个省事的，就说：'你能怎么着我？'黑猫说：'你看，着火啦！着火啦！'张三躺在炕上，就看到窗户棂上的纸冒着蓝色的小火苗着起来……打这天起，张三可就跟黑猫斗上了，两位斗得你死我活，分不出个高低。有一天黑夜，张三坐在炕上吃烟，吧嗒吧嗒的，一袋接着一袋，黑猫在窗外说：'真香！这烟儿真香！'张三也不吱声。黑猫又说：'我吃口烟，好张三！'张三说：'吃口就吃口。'他慢吞吞地把早就装足了药的枪从身后拿过来，把枪筒子伸到窗棂子外边。张三：'老黑，你含住烟袋嘴。'黑猫说：'好。''含住了？'张三问。黑猫说：'含住了。''真含住了？''真含住了。''点火啦。''点吧。'张三一勾枪机子，只听'呼通'一声响，把窗户纸都震破了。张三说：'杂种！叫你吃！'刚要出去看看，就听到黑猫咳嗽着说：'吭吭……这烟好大的劲！'"

陈姑娘笑起来。

蹲在炕前的狸猫叫了一声。

陈姑娘夹起一段鱼，扔给了猫。

祖母的腮帮子哆嗦起来。

二哥踢了一脚猫，说："连你都吃了一块鱼！"——这是以后的事。

这匹狸猫在我家呆着，任你踢，任你骂，它都不走啦。

这是匹女猫。

根据我的观察，猫是懒惰的动物——至于那些成为宠物的贵种，就不仅仅是懒惰而是十足的堕落了——不是万不得已，它是不会去捉耗子的。在我的记忆里，我们家那只猫只捉到过一只耗子。

那是一个傍晚，祖母刚烧完晚饭，祖父他们尚未从田野里归来，我和叔叔家的姐姐在院子里架起一根葵花秆练习跳高，就见那猫叼着一匹大鼠从厢屋里跳出来，我和姐姐冲上去，猫弃鼠而走，走到祖母身边，呜呜叫着，仿佛在告我们的状。

祖母兴奋得很，飞速地移动着两只小脚，跳到院子里，把那匹大鼠夺过去。

"啊咦！这么大个耗子！"祖母说，"拿秤去！"

我们赶快拿来了秤，看着祖母用秤钩挂住鼠肚皮称它。

"九两，高高的九两！"祖母说。（那是一杆旧秤，十六两为一市斤。）

"孩子们，该犒劳你们了。"祖母说。

祖母把老鼠埋在锅灶里的余烬里。

我和姐姐蹲在灶门前，直眼盯着黑洞洞的灶膛。

猫在我们身后走来走去。

香味渐渐出来了。

我和姐姐每人坐一小板凳，坐在也坐着小板凳的祖母面前吃耗子肉的情景已过去了几十年，但我没忘。烧熟的老鼠比原来小了许多，乌黑的一根。祖母把它往地上摔摔，然后撕下一条后腿，塞到姐姐嘴里，又撕下它另一条后腿，塞到我嘴里。鼠肉之香无法形容，姐姐把鼠骨吐出来给了猫，我是连鼠骨都嚼碎咽了下去，然后，我们眼睁睁地看着祖母的手。暮色沉沉，蚊虫在我们身边嗡嗡地叫着。我总感到祖母塞到姐姐嘴里的鼠肉比塞到我嘴里的多。写到此，我感到一阵罪疚感在心里漾开，那时我们是个没分家的大家庭，吃饭时，我和这个比我仅大三个月的姐姐总能每人得一片祖母分给的红薯干，我总认为祖母分给姐姐的薯干比分给我的薯干大而且厚，于是就流着眼泪快吃，吃完了就把姐姐手里的薯干抢过来塞到嘴里。她抖着睫毛，流着泪，看着她的母亲我的婶婶。婶婶也流泪。母亲举着巴掌，好像要打我，但只叹息一声就把手放下了。前年回家，我对姐姐提起这事，姐姐却笑着说："哪有这事？俺不记得了。"今年回家，一进家门，母亲就对我说："你姐姐'老'了。"

"老"了就是死了。

母亲说姐姐死前三天还来赶集卖菜，回家后就说身上不舒坦，姐夫找了辆手推车推她去医院，走出家门不远，就见她歪倒了脖子，紧叫慢叫就"老"了。

人真是瞎活，说死就死了，并不费多少周折。

我想起了和她一起坐在祖母面前分食老鼠的情景，就像在眼前一样。

祖母十几年前就死了。她是先死了，打了一针，又活过来，活过来又活了一个月，又死了，这次可是真死了，真"老"了。

祖母说，猫抓耗子，并不需要真扑真抓，猫一见到耗子，就竖起毛大叫一声，老鼠一听猫叫，立刻就抽搐起来，猫越叫老鼠越抽搐，猫上去咬死就行了，根本不要追捕。这说法我不知是真是假。

祖母还讲过一个故事：明朝时，有五个千斤重的大耗子成了精，变成人，当了皇帝的宰相一类的大官，他们扰乱朝纲，怂恿着皇帝干坏事。一个大臣，自然是忠臣，自然也是有慧眼的，看破了机关，回家对父亲说了——这又引出了一个故事：相传，古代，为了削减人口，人到了六十岁，不管健康与否，统统要"装窑"的，这"装窑"据祖母说，就是把人背到一个专门的地方去饿死（有点像日本小说《楢山节考》里的情景）。这大臣是个孝子，因为孝，就把父亲放在夹壁墙里藏起来（其实是利用职权破坏皇家的法规，是孝子不是忠臣）。大臣说：爹，朝里那五个重臣是五匹成精的老鼠，每匹有一千斤重，不知可有法子降服没有？大臣爹说：八斤猫可降千斤鼠。大臣说：哪里去寻八斤重的猫？大臣爹说：咱家那匹黑猫差不多就有八斤。大臣唤了猫来用秤一称，只有七斤半重。大臣爹说：不妨事，明日上朝前，你弄半斤猪肉让猫吃了，不就八斤猫了吗？大臣点头称是。次日，那大臣割了九两（旧秤）猪肉喂给猫吃。为什么割九两呢？因为猫吃肉不会不掉渣，余出一两来保险。大臣把原重七斤半吃了九两肉的黑猫揣在袍袖里胸有成竹地上了朝。文武群臣分列两边，皇帝坐在龙墩上打盹。大臣把藏在袍袖里的猫往外露了露，那猫凄厉地叫了一声，群臣诧异着，皇帝也睁开了睡眼。猫又叫了一声，就见那五个耗子变成的重臣索索地抖起来。大臣一松袍袖，那猫嗖地蹿出，跳到龙墩前的台阶上，竖毛弓腰，扬尾奓须，连连发威鸣叫，那五重臣抖抖索索，抖抖索索，瘫倒在堂前。猫继续鸣叫发威，五重臣显出原形，袍靴之类尽脱落，就见五匹大鼠一字儿排开，初时都大如黄牛，后来越缩越小，越缩越小，缩得都如拳头般大，猫慢慢踱上去，一爪一个，全给消灭了。皇上幡然醒悟，要重赏那大臣，大臣却跪地叩头，求恕欺君之罪。皇上听他诉说,知道这奇谋出自一该"装窨"而未"装窨"的老人,由此可见,老人还是有用处的,于是就撤销了六十岁"装窨"的命令。——我总怀疑这故事与《三侠五义》里的"五鼠闹东京"有些瓜葛,不过考证这些事也没意思就是了。后来又读《西游记》,见孙悟空被陷空山无底洞那匹金鼻白毛耗子精折腾得狼狈不堪,最后去玉皇大帝那儿告了李靖父子一刁状(母耗子是托塔天王的干女儿)。干爹和干哥哥出面,才把她降服了。孙悟空如果听过我祖母的故事,只需寻一只八斤猫抱进洞去就行了。那耗子精也实在迷人,不但美丽绝伦,而且体有异香,连唐三藏都心猿意马,有些守不住,悟空不得不变成苍蝇,叮在耳朵上提醒师傅不要被美人拉下水。记得当年看到这里时,不由得恨唐僧太迂,要是我,就留在这无底洞当女婿了。

后来我和姐姐天天盼望猫捕鼠,可再也没见到过。只见到那家伙每日懒洋洋地晒太阳,吃饭时就蹭到饭桌下捡饭渣吃。这猫,是被我们伤了心。它捉了耗子,被我们烧吃,这行为也是"欺猫太甚",猫从此不捕鼠,也有它的道理。

鲁迅先生在《狗·猫·鼠》里,开玩笑般地引用一外国童话里所说的狗猫相仇的原因。引用完毕，先生接着写道："日耳曼人走出森林虽然还不很久，学术文艺却已经很可观，便是书籍的装潢，玩具的工致，也无不令人心爱。独有这一篇童话却实在不漂亮；结怨也结得没有意思。猫的弓起脊梁，并不是希图冒充，故意摆架子的，其咎却在狗的自己没眼力。"

鲁迅先生所引童话里说，动物们要开大会，鸟、鱼、兽都齐集了，单缺象。大家决定派一伙计去迎接象，谁也不愿去，于是就运用了某团体分派救济金的方式：拈阄。这倒霉的阄偏被狗拈着。狗说不认识象，大众说象是驼背的，狗遇见一匹猫正在弓着脊梁，可能是因为没请它去参加动物大会而发怒吧！狗就把它请来了，大家都嗤笑狗不识象。狗猫从此相仇。

这童话里猫是很冤的。动物大会，鸟、鱼都去了，偏不请它，它如何能舒服？正在发怒弓背，巧被狗请，于是放平脊梁赴会，到会后又发现不是那么回事，它又陷进一个尴尬的泥潭里，狗与猫都是受害者，不知那动物大会的主席是谁，如果是百兽之王老虎，那虎主席就是怕见猫老师，便故意不发给猫请帖，虎怕猫把它当年逼猫上树的丑事给抖搂出来呢。矛盾的对立面是虎和猫，狗代虎受过了。

这童话真该焚烧，不知编这童话的覃哈特博士是不是"现代派"，如果是"现代派"，又写了这坏童话，那就岂止该烧书！

比较之后，还是我祖母讲的猫狗成仇的原因对头。

祖母说，很早很早以前啦，有一个人养了一条猫和一匹狗。主人是开劈柴店的，外出时，就吩咐狗和猫劈柴。狗埋头苦干，猫偷懒耍滑。主人回来，猫就蹦到主人肩头上，把劈柴之功据为己有，然后又说狗如何如何奸猾不卖力气。猫一边说一边用爪子轻轻搔着主人的耳垂——那纤细的小爪子挠着耳垂痒痒的实在是舒服——主人就痛打狗一顿，连分辩都不许。分配饮食时，主人自然就偏着猫。狗只好生闷气。第二次，狗为赎罪，更努力地劳动。主人回来，猫更快地跳到主人肩上——那纤细的小爪子挠着耳垂痒痒的实在是舒服——猫哭诉道："主人啊，主人！你不要表扬我啦！也不要嘉奖我啦！狗今天对我冷嘲热讽，我受不了啦！"主人大怒，打了狗一顿。分配饮食的时候，一丁点儿也不给狗。猫吃食时，狗蹲在一边，生着闷气挨着饿。第三次，狗干脆罢工了，猫更不干。主人回来，一看，一根柴也没劈，便气冲冲地问："怎么回事？"狗自然不吱声。主人就问猫。猫哆嗦着说："我不敢说……"主人道："你说，我给你做主！"猫哭着说："主人啊，狗今天说我拍马屁，我跟它争了两句，它张嘴就咬我，幸亏我会上树，跳到杏树上才没被它咬死。狗在树下蹲着，我不敢下来。我虽然想下来劈柴，但我怕死。主人啊，我有罪，我没能坚持工作，我错了啊！"主人这一次把狗腿都打断了，分配饮食时，一点也不给狗。猫吃饱了，就把一条剩下的鱼叼到狗面前，说："狗大哥，你把这条鱼吃了吧！"狗张开嘴，一下就把猫的脖子咬断了。主人一棍就把狗打死了。从此，狗与猫便成了仇家。

我自认为祖母的故事比覃哈特博士的童话要高明得多，这也是"外国月亮没有中国月亮圆"的一条证据。

其实，现代生活中的狗和猫看不出有什么仇。你捉你的耗子我看我的门，又无共同的异性要争夺，互不干涉，无利害冲突，能有什么仇？只有当它们一同劈柴为同一主人效劳时才可能有酿成大仇的机会。但"劈柴"毕竟是久远的往事了。没有永远的朋友，也没有永远的敌人，狗和猫也早就无宿怨了吧？猫之媚主不消说了，从"劈柴"时代就如是，可是狗的子孙们，也从被打杀的老祖宗那里吸取了教训，固然不能像猫一样跳到主人肩膀上为主人抓痒，但在主人面前摇着尾巴替主人舔去靴子上的灰尘，其媚不逊于猫。

偶尔还有猫狗死斗的情形，但这并不是狗猫之间自发的战斗，而是人的挑唆。

我家那只猫生第二窝猫的时候，已是初夏，家家户户都赊了毛茸茸的小鸡雏。放在院子里，叽叽地叫着，跑着，确实有几分可爱的样子。我家自然也赊了鸡雏。

我经常发现猫蹲在黑暗的角落里，目光炯炯地窥测着鸡雏，我把这个发现告诉了祖母，祖母对猫说："杂种，你要是敢动它们，我就扎烂你的嘴！"

猫咪呜着，好像懂了祖母的意思。

几天之后，邻居一个孙姓的老太太，我要呼之为"姑奶奶"的，拄着拐棍，骂上门来了，自然是骂猫，说有一只小鸡被我家那只该千刀万剐的瘟猫给吃了。

祖母与这孙姑奶奶不是太睦，跟着骂了几句猫。孙姑奶奶还不完，叨叨着，意思好像是要从我家这群鸡雏中捉走一只权充赔偿。祖母说："姑奶奶，畜生的事，人能管得着吗？要是我的孙子吃了你的小鸡，我这群小鸡里就任你挑走一只，这还不完，我还要拔掉他的牙！"祖母对着我挥了挥手。

孙老姑奶奶还在絮叨，意思是非要祖母赔偿她一只小鸡不可的。

祖母那群屁股上染上鲜红颜色的金黄色小鸡雏在院

子里欢快地奔跑着。

猫卧在门旁一个蒲盘上,团着身体睡觉。

"反正是你家的猫吃了我的鸡……"孙老姑奶奶说。

有些愠色上了祖母的脸。她把小鸡唤到眼前,捉起一只,攥着,走到猫旁,蹲下,拍了猫一掌,问:"猫,你吃小鸡吗?"猫睁开眼看着祖母。祖母把小鸡放到猫嘴边,猫闭上眼睛,把嘴扎到肚皮下,又呼呼地睡起来。小鸡雏在猫的背上蹒跚着。

祖母冷笑一声,说:"姑奶奶,看到了吧?这只猫怎么会吃你的小鸡?你的小鸡兴许是被老耗子拖去,被黄鼠狼叼走,被野狸子吃掉啦!"

孙姑奶奶说:"你家的猫当然不吃你的鸡,再说它吃了我的鸡,已经饱了。"

祖母说:"'抓贼拿赃,捉奸拿双',你说我家猫吃了你的小鸡,有什么证据?"

孙姑奶奶说:"我亲眼看见!"

祖母说:"我亲眼看见你吃了我家一条牛!"

孙姑奶奶气翻了白眼,捣着小脚,原地转了两圈,嘴里骂着猫,歪歪扭扭地走啦。

祖母抄起扫地笤帚,扑了猫一下子,说:"你要再出去闯祸，我就打杀你。"

几天之后，又有一个人提着一只鲜血淋淋的小鸡雏骂上门来了。猫正蹲在门边，舔着胡子上的血。

祖母无法，只好捉了一只小鸡雏，换了那只死鸡雏。

祖母抄起棍子打猫，猫纵身上了梨树。

后来又接二连三地有人骂上门来，我们本是积善之家，竟因一只猫担了恶名，并不仅仅赔偿人家几只鸡罢了。我家的猫恶名满村，骂猫时，总是把我父亲的名字作为定语：××××家的猫……

祖母惶惶起来，先是以涂满辣椒的小死鸡喂猫，想借此戒掉它的恶习——祖母是用给小孩子断奶的方式——乳头上涂满辣椒，孩子受辣，便不想吃奶——来为猫戒"食鸡癖"的，但毫无效果，想那涂满辣椒的鸡不是成了一道大饭馆里才肯做的名菜"辣子鸡"了吗？人尚求食不得，拿来戒猫的"食鸡癖"，无疑是火上浇油啦。

再以后，凡有人找上门，祖母便说："这原本不是俺家的猫，它赖着不走。现在俺更不管了，谁有本事谁就打死它。"再要祖母把自己的鸡雏赠给人家是万万不能啦。

这只猫作恶多端，但无人敢打杀它，是有原因的。乡村中有一种动物崇拜，如狐狸、黄鼠狼、刺猬，都被乡民敬作神明，除了极个别的只管当世不管来世的醉鬼闲汉，敢打杀这些动物食肉卖皮，正经人谁也不敢动它们的毛梢。猫比黄鼠狼之类少鬼气而多仙风，痛打可以，要打杀一匹猫，需要非凡的勇气。这里本来还蕴藏着起码十个故事，但为了怕读者厌烦，就简言一个吧。

也是祖母对我说过的：从前，一个女人在案板上切肉，家养的猫伸爪偷肉，女人一刀劈去，斩断了一只猫前腿，那只猫蔫了些日子就死了。女人斩断猫腿时，正怀着孕，后来她生出一子，缺了一只胳膊，此子虽缺一臂，但极善爬树，极善捕鼠。此子乃那猫转胎而生。

这故事也不太恐怖，那缺臂的男孩也可爱，也有大用处，在这鼠害泛滥的年代，他不愁没饭碗，多半还要发大财。关于念咒语，拘出全村的老鼠到村前跳河自杀的故事，是祖母紧接着"猫转胎"的故事讲的，因与猫少牵连，只好不写了。

但我家的猫实属罪大恶极，村人皆曰该杀，可谁也不肯充当杀手，聪明者便想出高招：让狗来咬杀它。

事情发生在一个炎热的中午，柳树上的蝉发了疯一样叫着，一群人远远地围着一条健壮的大狗和我家的猫，看它们斗法。他们如何把我家的猫骗出来，又如何煽动起狗对猫的战斗热情，我一概不知道。

大狗的主人是个比我大三或二岁的男孩，乳名"大响"，据说他出生时驻军火炮营在河北边打靶，炮声终日不断，为他取名"大响"是为了纪念那个响炮的日子。

围观的不仅仅是孩子，还有青年、中年和老年，他们看到狗和猫对峙着，兴奋得直喘粗气。

那条狗叫"花"，大响连声说着："花花花，上上上，咬咬咬！"

狗颈毛直竖，龇着一口雪白的牙，绕着猫转圈，似乎有些胆怯。猫随狗转，猫眼始终对着狗眼，也是耸着颈毛，呜呜地叫着，像发怒又像恐惧。狗和猫转着磨。

众人也叫着："花花花，上上上，咬咬咬！"

狗仗人势，一低头，就扑了上去，猫凄厉地叫一声，令人周身起栗。地上一团黑影子晃动着。

狗不知何故退下来，猫身上流着血，瞅着空，蹿出圈外。

人声如浪，催着狗追猫。我忽然可怜起猫来了，毕竟它在我家住了好几年了。

猫腿已瘸，跑得不快，看看就要被狗赶上时，它一侧身，钻进了一个麦秸垛上的小孩子藏猫猫时掏出的洞穴里。洞穴不大，猫在里边蹲着，人在外面看得很清楚。

狗逼住洞口，人围在狗后，狗叫，人嚷，十分热闹。

狗占了一些小便宜，翘起尾巴，气焰十分高昂，在人的唆使下，它一次次往洞穴里突袭着。狗每突袭一次，猫就发出一阵惨叫。

狗又退下来，耷拉着舌头，哈嗒哈嗒喘着粗气，狗脸上沾满猫毛。

"花花花，上上上，咬咬咬！"人们吼着。

狗闭住嘴——这是狗进攻前的习惯动作——正要突袭，就见那洞穴中的猫眼里射出翠绿的火花，刺人眼痛，射到麦草上似乎窸窣有声。与此同时，猫发出令人小便失禁的瘆人叫声，狗和人都惊呆了。正呆着呢，就见那猫宛若一道黑色闪电从洞穴里射出来，射到狗头上，看不清楚猫在狗头上施什么武艺，只能看到狗全身乱晃，只能听到狗转着圈子的尖声嚎叫。

大响挥动木棍乱打着，也看不清是打在了狗身上还是打到了猫身上。

猫从狗头上跳起来，眼里又放着绿光，比正午的阳光还强烈,它叫着,对着人扑上来。人群两开,闪出一条大道,猫就跑走了。

惊魂甫定的人们看那狗。这条英雄好汉已经狗脸破裂,耳朵上鼻子上流着血,一只黑白分明的狗眼已被猫爪抠出,挂在狗脸上,悠悠荡荡的,像一个什么"象征"之类的玩意儿。

狗在地上晃晃荡荡地转着圈,看热闹的人都不着一言,挂着满脸冷汗,悄悄地走散。只余下大响抱着狗哭。活该!这就叫作:炒熟黄豆大家吃,炸破铁锅自倒霉!

猫获大捷之后,在家休养生息,我因钦佩它的勇敢,背着祖母偷喂了它不少饭食。那时,三只小猫都长得有二十公分长了(不含尾巴),生动活泼可爱无比,它们跟我嬉戏着,老猫也不反对。

几天之后,猫养好了伤,能上街散步了,又有猫食鸡的案子报到我家来了。祖母把猫装进一条麻袋里,死死地捆扎住了麻袋口,然后,由二哥背到街上,扔到一辆去潍坊的拖拉机后斗里。祖母对拖拉机手说了半天好话,央求人家第一不要厌烦猫叫把它中途扔下;第二到了潍坊后要把麻袋左转三圈右抢三圈,把猫抡得头晕了再放它出袋,免得它记住方向跑回来;第三就是希望千万把麻袋给捎回来。祖母再三强调麻袋是借人家的，我知道这麻袋是我们自家的。

猫被扔进拖拉机后斗里，拖拉机后斗颠颠簸簸，把猫给拖到潍坊去了。

这下子好了。

村里的鸡雏们太平了。

潍坊的鸡雏该倒血霉啦。

潍坊离我们村子有多远？

三百零二十里。

失去母亲的四只小猫彻夜鸣叫，激起我的彻夜凄凉。天亮后，祖母连连叹息，说："可怜可怜真可怜，人猫是一理，这四个孤苦伶仃的小东西。"

祖母腾出一个筐子，絮上一些细草，做成了一个猫窝。又吩咐我从厢房里把四只小猫抱到家里来。

梅雨时节到了，半月雨水淋漓，连绵不断。我无法出家门，百无聊赖，便逗着四只小猫玩，便用土豆糊糊喂它们。老猫已被送走半月多，那条麻袋，拖拉机手也给捎了回来。拖拉机手姓邱，四十多岁，是个"右派"，人忠实可靠。

我看着生满绿苔的房檐下明亮的雨帘，想象着笼罩田野的云雾，想象着那一片片玉米，一片片高粱，成群的青蛙癞蛤蟆，泥泞不堪的田间道路，被淋湿了羽毛的鸡擎着瘦脖子缩在树下打盹，远处传来沉闷的火车笛声。明亮的钢轨被雨水冲洗得锃亮或生满稀疏的红锈……

雨大一阵小一阵，但始终不停，屋子里也一阵晦暗一阵明亮。当晦暗时，四只小猫的八只眼睛绿绿地闪着光，好像鬼火一样。树叶沙沙响着，是风在吹，我想象着那只老猫的情景，它在那遥远的潍坊，生活得怎么样？

农村的阴雨天，无事可干，劳累日久的大人们便白天连着黑夜睡觉，雨声就是催眠曲。我逗着猫玩一阵，看一阵雨，胡思乱想一阵，瞌睡上来，伏在一条麻袋上便睡。

朦胧中看到那只猫穿越河流与道路，出没郁郁青纱帐，顶风冒雨，向家乡奔来……

一阵喧闹吵醒了我，我揉揉眼睛，我又揉揉眼睛。那只猫果真回来了。它遍身泥巴，雨湿猫毛更显得瘦骨嶙峋。四只小猫与老猫亲热成了一个蛋。

我大叫着："猫回来啦！猫回来啦！"

家里人纷纷起来，看着猫儿女与猫母亲生离死别又重逢的情景，这情景委实有点动人。祖母立刻吩咐母亲给猫备食，它吃鸡的罪恶阴影消逝，起码是在我家老幼的心里，洋溢着一片猫中英雄所创造的奇迹的辉煌光彩。

猫离家十七天，如果不走弯路，跋涉三百余华里，它是被装进暗无天日的麻袋里运走，老邱又忠实地履行了祖母"左转右抡"的嘱咐，它是靠着什么方法重返家园的呢？这个谜我始终解不开。

祖母看着急急进食的猫，感叹道："猫老多啦！"

多年来，我一直珍藏着对这只猫的敬佩，一直认为这只猫创造了猫国的奇迹，并一直存着写篇文章歌颂这只猫的这段光荣的念头。但偶然翻阅今年的《参考消息》，看到一则题为《一只猫孤身穿越日本》的珍闻，方知天外有天，人外有人，猫外更有猫。抄录珍闻如下：

> 日本《朝日新闻》三月三十一日报道：一只母猫为了寻找她的家，从东往西穿越日本，走了三百七十公里的惊险旅程，花了一年七个月的时间。
>
> 这只五岁的母猫名叫米基，一九八四年八月随主人乘火车到须知夫人的故乡旅行。她被装在一个纸盒子里随主人从东到西通过了整个日本，即从太

平洋沿岸的平冢到日本海岸的糸鱼川。

但是到达目的地后不久,这只猫就跑掉了,须知一家只好返回。从此,这只猫就"失踪了"。直到一九八六年二月九日,猫的主人在花园里发现了这个小家伙,可是她已经变瘦了,尾巴上的毛也被拔掉了,耳朵也被弄破了,但它仍安然无恙。

有关方面为了表彰她的功绩,特授予她"模范猫奖",即免费供给她一年多的食物。

东京动物园的一位兽医说,这只猫创造了令人难以想象的奇迹,因为家猫的活动半径只有二百米至五百米。

初读此文,我不免沮丧。好像不但人间奇迹多由外国人创造,连猫间奇迹也是外国猫创造得多。读过之后一想,我不沮丧了。数据最能说明问题:

猫别	跋涉路程	跋涉时间	日均跋涉路程（≈）
中国猫	320 华里	17 日	18.823 53 华里
日本猫	740 华里	575 日	1.286 96 华里

简直不可同日而语!

这又是一个"外国月亮不如中国月亮圆"的铁证。

日本猫得了"模范猫奖",我家那只猫因为得不到足够的饲料,重犯偷食鸡雏的毛病,竟被当场捉获,可能是它恶贯满盈的报应,也可能是因长途跋涉健康状况大不如前。它万不该偷鸡偷到大响家去,独眼狗协助大响把它擒住,也应了"冤家路窄"的话。

大响把猫拉到河滩上去,只一镰,就把猫头削落黄沙。

我为此难过了好久。

大响斩猫之后,日子很不好过。村里那些恨猫的人,这时却把同情赐给了猫。有关猫的神话鬼话流传很盛,人们见了大响,都换了一种眼光,好像大响不日就要遭到天谴或被猫鬼所祟。

大响却始终安然无恙。去年我探家时,听说他成了"灭鼠养猫专业户",这真是天下之大无奇不有,故乡人丰富的想象力由此可见一斑。我带着满肚皮兴趣去找他,"铁将军把门",他不在,邻人说他赶集卖猫去了。三只大猫在他家墙上徘徊着,满院子猫叫。几天后我见到了他,发现他已成了一个"通仙入魔"的奇人,奇人须有奇文,愿家猫在地之灵佑我佐我,赐我成就奇文的奇思妙想。

文章本已写完,忽然想到北京土语"猫儿腻",我总认为这话与"猫盖屎"的行为有关系。我亲眼见过猫盖屎,也就是拉过屎后用后爪子象征性地蹬点土盖盖,并不真正盖得不露一点痕迹。我在农村锄地时,锄一盖二,队长批评我:"你这是'猫盖屎'!糊弄谁呀!"

"猫盖屎"——"猫盖腻"——"猫儿腻"。

(一九八七年五月)

养猫专业户

姑姑对我说过,他的爹不务正业,闲冬腊月别人忙着下窨子编草鞋赚钱,他的爹却抱着两只大猫东游西逛。姑姑说他出生时,解放军的炮队在村后那片盐碱地上实弹射击,荒地上竖着一股股烟,有白色的,有黑色的。炮声很响,震得窗户纸打哆嗦。

他长到七岁时,和我打架,用手抓破了我的腮,用牙咬破了我的耳朵,流血不少。被姑姑撞见,姑姑骂他:"大响,你这个野猫种,怎么还咬人呢?"

他不住地用舌尖舔着嘴唇,好像猫儿舔唇上的鼠血,眼睛眯缝着,在我姑姑的数落声中,不吱声,也不挪动。一只蓝猫从我家磨屋里叼着一匹耗子蹿出来,耗子很大,把猫头都坠低了。他眯缝着的眼突然睁开,从眼里射出一道光线,绿荧荧的。手提到胸前,身体缩起来，片刻都不到，他直飞到猫前去，把那匹大耗子截获了。蓝猫怪叫几声，像哭一样，对着他龇牙咧嘴，无奈何，悻悻地贴着墙根又溜进磨屋里去了。姑姑停止了用玉米皮包扎着我的耳朵的手，嘴不说话，僵硬地半张着。我和姑姑都定着眼看手提着大耗子的大响，他的脸上挂着谜一般的好像是愚蠢也许是残酷的笑容。

后来，大响跟随着他爹闯关东去了，一去也就没了音信。我当兵前二年，一个老得有点糊涂了的关东客回了老家，我跟他坐在一起为生产队编苫，问起大响一家，关东客眨着眼说：大响的爹死了，大响被山猫吃了。问到山猫形状时，关东客满嘴葫芦，只说好像一种比猫大点比狗小点的十分凶猛的野兽，连老虎狗熊都怕它三分。

大响被山猫吃了，我也没感到难过，只是又恍然记起他脸上那谜一般的好像是残酷也许是愚蠢的笑容来。

老关东回乡一年就死了，埋在村东老墓田里，村人都说这叫叶落归根，故土难离，哪怕再穷，也难忘了，老来老去，终究要转回来。

又一年初冬，征兵开始了，来带兵的解放军都穿着大头皮鞋羊皮大衣，问问说是黑龙江来的。我马上就想起老关东客那些关于关东的神秘传说，想起了那个被山猫吃掉了的大响，那怪异而凶残的动物正用带刺的舌舔着大响的白骨，凄厉一声叫，连山林都震动了……那时农村日子不好，年轻人都想当兵，争得头破血流的。因我姑姑头二年嫁给了民兵连长邢大麻子，我沾了光，没争没抢就拿到了入伍通知书。坐上闷罐子车，连白带黑地往北开了不知几多工夫，到了一座大森林的边上，触鼻子扎眼的树、雪，风呜呜地叫，夜里满树林子都是狼嗥。首长听说我在家养过猪，就把我分配去养狼狗。养狗的日子里，我经常偷食喂狗的一种红色肉灌肠，挨过批评，但也改不了，因我一见那红色灌肠，就像生精神病似的烦躁不安，非吃不可，非吃不能平息烦躁情绪……现在我还是不敢回忆那红色灌肠的形状和味道……吃着红色灌肠的时候，我的眼前交替出现着两幅幻景：大响像电一般扑到猫头上，截获耗子，脸上是愚蠢的或是残酷的笑容……山猫用带刺的舌舔着大响的白骨，舔着那笑容，像用橡皮擦纸上的字迹一样……

我就好像见过了山猫似的脑海里浮动着山猫机警而凶残的脸。

因我恶习难改，被调到炊事班，负责烧火喂猪。有一天，指导员和炊事班长到山上去谈心，抓回三只小猫崽，山猫崽子！通体花纹，黑与灰交织，黑得特别鲜艳，耳朵直竖，似比家猫尖锐，别的也就与家猫无大差别了。山猫吃掉大响的故事从此完结了。

抓回小山猫不几日，老兵复员，一宣布名单，炊事班长是第一名，我是最后一名。炊事班长已当兵五年，风传着要提拔成司务长的，他工作积极，经常给我做思想工作。我当兵两年，被复了员，是因为我偷食红色灌肠吧！复员就复员，总算吃了两年饱饭，还发了好几套里里外外从头到脚的新衣新帽，够穿半辈子啦！当了两年兵，这一辈子也算没白活。我是这么想。可炊事班长不这么想，宣布复员名单时，一念到他的名字，他当场就昏倒了。卫生员用针扎巴了半天，才把他扎醒了。醒了后，他又哭又闹。后来，他用菜刀把两只小山猫的头剁下来——他把一只小山猫按在菜板上（小山猫还以为他是开玩笑呢，咪呜咪呜地叫着，用爪子搔他的手），高举起菜刀，吼一声："连长！你娘的！"同时，菜刀闪电般落下，猫头滚到地上，菜刀立在菜板上，猫腔子里流黑血。猫眼眨眬，猫尾巴吱吱地响着直竖起来，竖一会儿，慢慢地倒了下去。第二只小山猫又被他按在菜板上，在满板的猫血上，在同胞的尸体旁，这只小山猫发疯地哭叫着。炊事班长歪着嘴，红着眼，从菜板上拔出刀来，高举起，骂一声："指导员，你娘的！"话起刀落，猫头落地，猫血溅了他一胸膛。人们呼呼隆隆跑过来，其中有连长也有指导员。炊事班长蹲在地上，歪歪嘴，就有两颗泪涌出来，他说："指导员……连长……留下我吧……我不愿回去……"

那只没被炊事班长斩首的小山猫被我装进一个纸盒里带回了家乡。炊事班长杀猫、哭求也无济于事，与我坐同一辆汽车，哭丧着脸到了火车站，乘一辆烧煤的火车，回他的老家去了。据说他的家乡比我的家乡还要穷。

生怕那只山猫在火车上乱叫被列车员发现罚款，副连长送我一铁筒用烧酒泡过的鱼，把猫喂醉了，让它睡觉。副连长说，它一醒你就用鱼喂它。副连长是我的老乡，他说家乡鼠害成灾，缺猫。

虽说见过山猫之后便不再相信大响被山猫吃掉的鬼话，但在街上碰上了他，心里还是猛一"咯噔"，互相打量着，先是死死地互相看着脸，接着是从头到脚地上下扫，然后便互相大叫一声名字。

他身体长大了很多，脸盘上却依然是几十年前那种表情，不开口说话的时候，脸上便浮现那种神秘的微笑，好像愚蠢，又好像残酷。

"'喀巴'说你让山猫吃了呢！"我说的"喀巴"是

老关东的名字。

他咧咧嘴问:"山猫?"

连田野的老鼠都跑进村里来了,它们嘴里含着豆麦,腮帮子鼓得很高,在大街上慢吞吞地跑着,公鸡想去啄它们的时候,它们就疾速地钻进墙缝里,钻进草垛里,钻到路边随处可见的鼠洞里。

"你见过山猫吗?"他问我。

我告诉他我从关东带回来一只小山猫,在姑姑家躺着,还没真正醒酒呢!

他高兴极了,立即要我带他去看山猫。

我却执意要先看他的家。

他的家是生产队过去的记工房,被他买了。房有四间,土墙,木格子窗,房上有三行瓦,两行瓦蓝色,一行瓦红色。两只大猫卧在他的炕上,三只小猫在炕上游戏。土墙上钉着几十张老鼠皮。他枕头边上摆着一本书,土黄色的纸张,黑线装订,封面上用毛笔写着几个笨拙的黑字:尴鼠催猫。我好奇地翻开书,书上无字,却画着一些奇奇怪怪的花纹。也许别的页上有字,我不知道,我只看了一眼那些花纹,他就把书夺走了。他厉声呵斥我:"你不要看!"

我的脸皮稍稍红了一下,自我感觉如此,讪讪地问:"什么破书?还怕人看。"

他似乎有些不好意思,摩挲着那本书道:"这是俺爹的书。"

"是你爹写的?"

"不是,是俺爹从吴道士那里得的。"

"是守塔的吴道士?"

"我也不知道。"

那座塔我知道,砖缝里生满了枯草,几十年都这样。道士住塔前的小屋里,穿一袭黑袍,常常光着头,把袍襟掖在腰里,在塔前奋力地锄地。

"你可别中了邪魔!"我说。

他咧咧嘴,脸上挂着那愚蠢与残酷的微笑。他把书放在箱子里,锁上一把青铜的大锁,嘴里咕哝着什么,五只猫都蹲起来,弓着腰,圆睁眼看着他的嘴。

我的背部有点凉森森的,耳朵里似乎听到极其遥远的山林呼啸声,正欲开口说些什么,就听到啪嗒一声响,见一匹雪白的红眼大鼠从梁上跌下来,跌在群猫面前,呆头呆脑,身体并不哆嗦。白鼠的脸上似乎也挂着那愚蠢又残酷的笑容。

大响捉着鼠,端详了半天,说:"放你条生路吧!"嘴里随即嘟哝了几句,猫们放平了腰,懒洋洋地叫了几声,老猫卧下睡觉,小猫咬尾嬉闹。那红眼白毛鼠顿时有了生气和灵气,从大响手里嗖地跳下,沿着墙,哧溜溜爬回到梁头上去,陈年灰土纷给落下,呛得我鼻孔发痒。

我当时有很大的惊异从心头涌起,看着大响脸上那谜一般的微笑,更觉得他神秘莫测。一时间,连那些猫,连那土墙上贴着的破旧的布满灰尘的年画,都仿佛通神通鬼,都睁了居高临下、超人智慧的眼睛,在暗中看着我冷笑。

"你搞的什么鬼?"我问大响。

大响赶走那微笑认真地对我说:"伙计,人家都在搞专业户挣大钱,咱俩也搞个专业户吧!养猫。"

养猫专业户!养猫专业户!这有趣而神秘怪气十足又十分正常富有吸引力的事业。

"听说你从关东带回来一只小山猫?"他又一次问。

晚上我就把小山猫送给了大响,他兴奋得一个劲搓手。

我到姑姑家去喝酒。

姑父三盅酒进肚,脸就红了,电灯影里,一张脸上闪烁着千万点光明。他把我的酒盅倒满,又倒满了自己的盅，把酒壶放在"仙人炉"上燎着，清清嗓子，说："大侄子，一眨巴眼，你回来就一个月了，整天东溜西溜，不干正事，我和你姑姑看在眼里，也不愿说你。你也不小了，天天在这里吃饭，我和你姑即便不说什么，只怕左邻右舍也要笑话你！现在不是前二年啦，那时候村里养闲人，游游逛逛也不少拿工分；现如今村里不养闲人，不劳动不得食。我和你姑不知道你心里怎么想的，是分几亩地种还是出去找个事挣钱？"

我的心有点凄凉，喝了酒，说："姑父，姑姑，我一个大小伙子，自然不能在你家白吃干饭！虽说是要紧的亲戚，毕竟不是自己的家，就是在爹娘家里，白吃饭不干活也不行。吃了你们多少饭，我付给你们钱。"

姑姑说："你姑父不是要撵你，也不是心痛那几顿饭。"

我说："明白了。"

姑父却说："明白就好，就怕糊涂。你打的什么谱？"

我说："这些日子我跟大响商量好了，我们俩合伙养猫。"

纸糊的天棚上，老鼠嚓嚓地跑动着。

姑父问："养猫干什么？"

我说:"村里老鼠横行,我和大响成立一个养猫专业户,卖小猫,出租大猫……"

我正想向姑父讲述我和大响设想的大计划时,姑父冷笑起来。

姑姑也说:"哎哟我的天!你怎么跟那么个神经病搞到一堆去胡闹?大响是给他爹那个浪荡梆子随职,你可是正经人家子女。"

姑父讽刺道:"有千种万种专业户,还没听说有养猫专业户!你们俩还不如合伙造机器人!"

姑姑说:"我和你姑父替你想好了,让你一头扎到庄稼地里怕是不行,当过兵的人都这样。喇叭里这几天一个劲儿地叫,县建筑公司招工,壮工一天七块钱,除去吃喝,也剩三五块,你去干个三年两载,赚个三千两千的,讨个媳妇,就算成家立了业,我也就对得起你的爹娘啦!"

我又见了大响,把准备去建筑公司挣钱不能与他养猫的事告诉他,他很冷淡地说:"随你的便。"

以后我就很难见到大响的面了。建筑公司放假时我回家去探望过大响,那两扇破门紧锁着,门板上用粉笔写着一行大字:养猫捕鼠专业户。旁有小字注着:捉一只鼠,仅收酬金人民币一元整。铁将军把着门,这老兄不在。但我还是吼了几声："大响！大响！"院子里一片回声，好像在两山之间呼唤一样。我把眼贴到门扇上往里望，院里空荡荡的，低洼处存着夜雨的积水，那匹我曾见过的白耗子在院里跑，墙上钉着一片耗子皮。

大响的邻居孙家老太太迎着我走过来，一头白发下有两点磷火般的目光闪烁。她拄着一支花椒木拐杖，干干的小腿上裂着一层白皮。她问："您是请大响拿耗子的吧？他不在。"

"孙大奶奶，我想找大响要要，我是老赵家的儿子，您不认识我？"

老太太一只手拄定拐棍，一只手罩在眉骨上方，打量着我，说："都愿意姓赵，都说是老赵家的儿子，'赵'上有蜂蜜！有香油？"

我立刻明白，这老太太也老糊涂了。

她以与年龄不相适合的敏捷转回头来，对我说："大响是个好孩子，他发了财，买蜂蜜给我吃，你买毒药给我吃，想好事，我不吃！前几年，你们药耗子，把猫全毒死了，休想啦，休想啦……"

回家与姑姑说大响的事，姑姑说："这个疯子！不是个疯子也是个魔怪！"

姑父插言道："你可别这么说！大响不是个简单人

物，听说他在墨河南边一溜四十八村发了大财！"

有关大响的传说如雷贯耳是一九八五年，那时我时来运转，被招到县委大院干部食堂烧开水，婚也结了，媳妇的肚子也鼓了起来，满心里盼她生个儿子，可她不争气，到底生了个女儿。

女儿出生后，我告了一个月假，回家侍候老婆坐月子。这些日子里，大响来过一次，坐在院子里也不进屋。他比从前有些瘦，但双目炯炯，言语中更有一些玄妙的味道，但细揣摩，又好像是正常的。他说："老兄，贺喜，喜从天降！浩浩乎乎乾坤朗朗！没有工夫煮鸡汤，吃耗子在南方，多跑路身体健康，不可能万寿无疆！送你二百元，给嫂子和侄女添件衣裳。"他把一个红纸包拍在我手里，一转身就走了。我没及谦让，就见他那黑黑的身影已溶到远处的月影里。一声柳哨，令人肠断。我不知这柳哨是不是大响吹的。又隔了几天，因寻一味中药，我骑车跑到邻县的马村，那里有一家大中药铺，三个县都有名。骑到距马村不远的一个小庄子，见村里男女老幼都跌跌撞撞地往村中跑，下车问一声，说是有一师傅在村中摆开法场，要把全村的耗子拘到池塘里淹死。心里一扑棱，立即想到这是大响，便推了车，随着人群往前拥。将近池塘时，早望见红男绿女，围成了一个大大的圆圈。垂柳树下,站着一瘦高个子男人,披一件黑斗篷,蓬松着头发,恰如一股袅袅的青烟。我把草帽拉低,遮住眉头,支起自行车,挤进人圈里,把头影在一高大汉子背后,生怕被大响瞧见。

起先我想这人也未必就是大响,他的眼神时而涣散,时而凝结,涣散时如两池星光闪烁,凝结时则如两坨青水冷气,仿佛直透观者肺腑;我才觉得他必定是大响。因为他不管目光涣散还是凝结,那种我极端熟悉的谜一般的愚蠢或残酷的微笑始终挂在脸上。他的身后,蹲着八只猫。

好像是村里的村长一类的人物——一个花白胡子的老汉走到大响面前,哑着嗓子说:"你可要尽力,拘出一匹耗子,给你一块钱,晌午还管你一顿好烟好菜;拘不出耗子嘛……这里离派出所并不远,前天还抓走了一个跳大神的婆子呢!"

大响也不说什么,只是更加强烈了那令人难以忘却的笑容。花白胡子退到人堆里。大响从猫后提起一面铜锣,用力紧敲三响,锣声惨厉,铜音嗡嗡,不知别人,我的心紧缩起来,更直着腰看大响。他赤着脚,那黑袍上画着怪纹,数百根老鼠的尾巴缀在袍上,袍袖摆动,鼠尾嚓嚓啦啦细响。他提着铜锣,紧急地敲动,边敲锣身体边转动起来。黑袍张开，像巨大的蝙蝠翅膀。群猫也随着他跳动起来，它们时而杂乱地跳，时而有秩序地跳，但无论杂乱无章还是秩序井然，那只我从关东带回来的山猫无疑始终充当着猫群的领袖。两年不见，它长大了许多，只是从它的格外尖锐的耳上，从它那些缠绕周身的格外鲜艳夺目的黑色条纹上，我才能认出它。它的身体比那七匹猫要大，正应了老关东客"比猫大点，比狗小点"的话。我总觉得群猫脸上，尤其是山猫脸上的表情与大响脸上那微笑有着密切联系，在本质上是一致的、共同的、互通的，同属于一个尚未被人类完全认识的因而也就是神秘的精神现象的朦胧范畴。

猫们的跳跃舞蹈协调一致时，就好像八颗围绕着大响旋转的行星。阳光灿烂，照耀着光亮的猫皮，垂柳吻着生满青萍的池塘，蜻蜓无声地滑翔。猫的身体都拉得很长很细，八猫首尾连接，宛若一条油滑的绸缎。

大响与群猫旋转舞蹈，约有抽两袋旱烟的工夫，众人正看得眼花缭乱时，锣声停了，人与猫俱定住不动，好像戏台子上演员的亮相。天气燥热，大响脸上挂着一层油光光的汗。大家都不错眼珠地盯着他，他嘴里振振有词，语音含糊，听不清什么意思，两条洁白的泡沫挂在他的嘴角上。定住的猫在他的"咒语"中活动开来，猫嘴里发出瘆人的叫声,猫腿高抬慢落,徘徊行走,八匹猫好像八个足蹬厚底朝靴在舞台上走过场的奸臣。

群众渐渐有些烦恼,毒辣的太阳晒着一片青蓝的头皮,烦恼是烦恼,但也没人敢吱声。我私下里却为大响担忧起来,全村的耗子难道真会傻不棱登地前来跳塘?

忽然,猫叫停止,八匹猫在大响身前一字儿排开,山猫排在最前头,俱面北,弓着腰,尾巴旗杆般竖起,胡须扎煞,嘴巴里咻咻地喷着气,猫眼发绿,细细瞳仁直竖着,仿如一条条金线。我的汗马上变得又冷又腻,眼前幻影重重,耳朵里钟鼓齐鸣,恍惚中见群马奔驰在塞外的冰冷荒漠上,枯黄的羊儿在衰草中逃窜……赶忙晃头定神,眼前依然只有八匹发威的猫。大响从腰里掏出一支柳笛,嘟嘟地吹起来,笛声连续不断,十足的凄楚呜咽之声。斜目一看,周围的观众都紧缩着头颈,脸上挂着清白的冷汗珠。不知过了几多时光,人背后响起一片嘈杂声,笛声忽而高亢如秋雁嘹唳,群猫也大发恶声。有人回头,喊一声"来了",人群便豁然分开,裂开一条通衢大道,数千匹老鼠吱吱叫着,大小混杂,五色斑驳,蜂拥而来。众人都不敢呼吸,身体紧缩,个个矮下一截。大响闭着眼,只管吹那柳笛,群猫毛发戗立,威风大作,逼视着鼠群。鼠们毫不惊惧的样子,一个个呆头呆脑，争先恐后地跳到池塘里去，池塘里青萍翻乱，落水的老鼠奋力游动着，把青萍覆盖的水面上犁出一条条痕迹。后来都沉下去，挣扎着，露出红红的鼻尖呼吸，又后来，连鼻尖也不见了。

柳笛声止，群猫伸着懒腰徘徊，大响直立在烈日下，低着头，好像一棵枯萎的树。

湾水平静，众人活过来，但无有敢言语者。村里管事的花白胡子蹒跚到大响面前，叫了一句"先生"，大响睁开眼，嫣然一笑，几乎笑破我的心。

我骑着自行车疾速逃走，浑身空前无力，寻了一块花生地，便扔下车子，不及上锁，一头栽倒，沉沉睡去。醒来时红日已平西，近处的田畴和远处的山影都如被血涂抹过，稼禾的清苦味道直扑鼻孔，我推车回家，回想上午的事，犹如一场大梦。

回到县里后，我见人就说大响的奇能，起初无人相信，后来见我说得有证有据，也就半信半疑起来。

初冬时，邻县的领导向我们县里领导问起大响的事，县委莫书记很机智地做了回答。

莫书记到伙房里找我，了解大响的情况，我把我知道的有关大响的一切都说了。

大响成了名人，市里有关部门也派人前来调查。这样张张扬扬地过去了半年。

麦收的时候，县粮食局一号库老鼠成灾，准备请大响来逮鼠。消息很快传开，市电视台派了记者来，带着录像器材，省报也派了记者来，带着照相机和笔，据说有几位很大的领导也要来观看。

那天上午，一号粮库的防火池里贮满清水，池旁排开一溜桌子，桌子上铺了白布，白布上摆着香烟茶水。县里领导陪着几个很有气派的人坐在那儿抽烟喝茶。

半上午时，一辆黑色的轿车开进院子，大响从车里钻出来。他穿着一双皮鞋，一件藏青的西服挂在身上，显得十分别扭。我寻找着他脸上那谜一般的微笑。

从轿车里把八匹猫弄出来就费去了约十分钟，猫们显得十分烦躁，尤以山猫为甚。

总算开场了，记者把强光灯打在大响的脸上，那微笑像火中的薄纸一样颤抖着。强光灯打在猫脸上，猫惊恐地叫起来。

表演彻底失败。我听到一片骂声。

水池旁一个戴眼镜的人站起来，冷冷地说："彻头彻尾的骗局！"然后拂袖而去。

莫书记急忙追上去,脸上一片汗珠。

我的脸上更是一片汗珠。

(一九八七年十月)

马　　语

像一把粗大的鬃毛刷子在脸上拂过来拂过去,使我从睡梦中醒来。眼前晃动着一个巍然的大影子,宛如一堵厚重的黑墙。一股熟悉的气味令我怦然心动。我猛然惊醒,身后的现代生活背景倏然退去;阳光灿烂,照耀着三十多年前那堵枯黄的土墙。墙头上枯草瑟瑟,一只毛羽灿烂的公鸡站在上边引颈高歌;墙前有一个倾颓的麦草垛,一群母鸡在散草中刨食。还有一群牛在墙前的柱子上拴着,都垂着头反刍,看样子好像是在沉思默想。弯曲的木柱子上沾满了牛毛,土墙上涂满了牛屎。我坐在草垛前,伸手就可触摸到那些鸡,稍稍一探身就可以触摸到那些牛。我没有摸鸡也没有摸牛,我仰脸望着它——亲密的朋友——那匹黑色的、沉重的、心事重重的、屁股上烙着"Z99"字样的、盲目的、据说是从野战军里退役下来的、现在为生产队驾辕的、以力大无穷、任劳任怨闻名乡里的老骒马。

"马,原来是你啊!"我从草垛边上一跃而起,双臂抱住了它粗壮的脖子。它脖子上热乎乎的温度和浓重的油腻气味让我心潮起伏、热泪滚滚,我的泪珠在它光滑的皮上滚动。它耷耷削竹般的耳朵,用饱经沧桑的口气说:"别这样,年轻人,别这样,我不喜欢这样子,没有必要这样子。好好地坐着,听我跟你说话。"它晃了一下脖子,我的身体就轻如鸿毛般地脱离了地面,然后就跌坐在麦草垛边,伸手就可触摸那些鸡,稍稍一探身就可以触摸那些牛。

我端详着这个三十多年没有见面的老朋友。它依然是当年的样子:硕大的头颅、伟岸的身躯、修长的四肢、瓦蓝的四蹄、蓬松的华尾,紧闭着的、不知道什么原因盲了的双目。于是,若干的情景就恍然如在眼前了。

我曾经多次揪它的尾毛做琴弓,它默然肃立,犹如一堵墙。我多少次坐在它宽阔平坦的背上看小人书,它一动也不动,好像一艘搁浅了的船。我多少次为它轰赶吸它鲜血的苍蝇和牛虻,它冰冷无情,连一点谢意都不表示,宛如一尊石头雕像。我多少次对着邻村的小孩子炫耀着它，编造着它的光荣的历史，说它曾经驮着兵团司令冲锋陷阵，立下过赫赫战功，它一声不吭，好像一块没有温度的铁。我多少次向村子里的老人请教，想了解它的历史，尤其想知道它的眼睛是怎样瞎的——无人告诉我。我多少次猜测它瞎眼的经过，我多少次抚摸着它的脖子问它：马啊马，亲爱的马，告诉我，你的眼睛是怎么瞎的，是炮弹皮子崩瞎的吗？是害红眼病弄瞎的吗？是老鹰把你啄瞎的吗？——任我千遍万遍地问，你不回答。

"我现在回答你。"马说。马说话时柔软的嘴唇笨拙地翻动着，不时地显露出被谷草磨损了的雪白的大牙。从它的口腔里喷出来的腐草的气味熏得我昏昏欲醉。它的声音十分沉闷，仿佛通过一个曲折漫长的管道传递过来的。这样的声音令我痴迷，令我陶醉，令我惊悚，令我如闻天籁，不敢不认真听讲。

马说："你应该知道，日本国有一个著名的关于眼睛的故事。琴女春琴被人毁容盲目后，她的徒弟，也是她的情人佐助，便自己刺瞎了眼睛。还有一个古老的故事，俄狄浦斯得知自己杀父娶母之后，悔恨交加，自毁了双目。你们村子里的马文才，舍不下新婚的媳妇，为了逃避兵役，用石灰点瞎了双目。这说明，世界上有一类盲目者，为了逃避，为了占有，为了完美，为了惩罚，是心甘情愿地自己把自己弄瞎了的。当然，我知道你对他们不感兴趣，你最想知道的，是我为什么瞎了眼睛……"

马沉吟着，分明是让这个话题勾起了它的无限辛酸的往事。我期待着，我知道在这种时刻说什么都是多余的。

马说："几十年前，我的确是一匹军马，我屁股上的烙印就是证明。用烧红的烙铁打印记时的痛苦至今还记忆犹新。我的主人是一个英武的军官。他不仅相貌出众，而且还满腹韬略。我对他一往情深，如同恋人。有一天，他竟然让一个散发着刺鼻脂粉气息的女人骑在我的背上。我心中恼怒，精力分散，穿越树林时，撞在了树上，把那个女人折了下来。军官用皮鞭抽打着我，骂我'你这匹瞎马'！……从此，我决定再也不睁开我的眼睛……"

"原来你是装瞎！"我从麦草垛前一跃而起。

"不，我瞎了……"马说着，调转身，向着那漫漫无尽的黑暗的道路，义无反顾地走去。

（一九九七年）

遥远的亲人

一

春节前,我从外地赶回高密东北乡与家人团聚。进了家门,屁股尚未坐稳,父亲好像极平淡地说:"你八叔来信了。"

我站起来。

我们家是八十年前从县城迁到这穷地方来的。据父亲说,我的曾祖父与人打官司输光了家产,不得不搬迁。曾祖父生了三个儿子,我爷爷是老二,爷爷的哥哥——我的大爷爷——就是八叔的父亲。父亲这一辈堂兄弟八个,八叔是大爷爷的独生儿子。八叔十七岁时娶了媳妇,那是一九四六年。第二年,为逃避"土地改革",大爷爷一家跑到青岛避难,国民党军队撤退了,八叔失踪了。从此就没了音讯四十多年。"文化大革命"中，学校里曾逼着我们交代八叔的下落，我们如何能知道？后来学校里说八叔在台湾当国民党，要我们划清界限。我们谁也说不准这八叔是死还是活，但他的影子却死死地纠缠着我们，让我们不愉快。

母亲曾对我们说过八叔的模样和形状。在我的印象里，他似乎有一张圆圆胖胖的脸，嗓音有点沙哑，头发黄黄，眼儿细细，很和善的样子。在那些遥远冬天的夜晚，母亲在油灯下做针线活儿，院子里响起了"嚓啦嚓啦"的脚步声……

"老八来了，"母亲抬起头，把缝衣针放到头发上蹭着，对就着灯光看闲书的父亲说，"他走路总不抬脚，费鞋的老祖宗。"

父亲眼不离书，说："大伯今早晨在药铺里说，年前要给老八娶媳妇。"

母亲悄声问："听说大伯跟亲家母相好？"

父亲厉声道："胡说什么你！"

一语未了，八叔推门进来，笑眯眯地问："大哥大嫂，吵架吗？"嘴里说着话，手早伸到母亲背后去摸我大哥的饼干。母亲说："老八，你羞不羞，就要娶媳妇的人啦，还抢你侄子的干粮！"八叔嘻嘻地笑着，咀嚼着干粮，呼噜呼噜地说："没抢他的奶子吃算我客气！"母亲脸红着，骂父亲："你还不掌他的嘴！"父亲说："嫂嫂小叔子，亲嘴搂脖子！"母亲骂道："你们兄弟们，没个正经货！"八叔伸手去摸正在睡觉的我大哥的肚子。母亲说："老八，你安稳坐着行不行？弄醒了他你抱着！"八叔说："我抱着我抱着。"一边说着，一边伸出手，脱了那双蒲草编成的大鞋，盘腿上了炕。父亲说："老八，大伯要给你娶媳妇啦！"八叔乐了。母亲说："看恣得那样，嘴都合不拢了。往后小心着你，再敢油嘴滑舌没正经我就找个人整治你！"八叔说："她敢！她敢对我扇翅膀，我不打她个皮开肉绽才怪了。"母亲说："去去去！这才叫'光棍汉打老婆觅汉打驴'，等俺那仙女般的弟媳妇一来，早像块糖一样化了！"……

"一眨巴眼就是四十三年……"父亲感慨地说。

"信在哪里？"我问。

"在你小姑姑那里，"父亲说，"你别去要着看呵，怕人呐。"

我说："现在政策变了，不搞阶级斗争了，怕谁呢？"

母亲晃着花白的头说："怕你八婶与盼儿知道呗。"

说完了这话，母亲嘴边显出了很多皱纹。

立刻，虽然苍老了但依然清清爽爽的八婶就仿佛站在我的面前了。在她的身后，还站着两个小伙子。一个年纪大些，个头矮小，紫红脸膛，两扇大耳朵，唇边生着稀疏的黄胡髭。他就是盼儿。盼儿究竟是不是八叔的亲骨肉，家族中一直有分歧。母亲说盼儿的相貌虽不像八叔，但那沙哑的嗓音却像。听说大爷爷临终前曾放出口风，说盼儿的小姨子在青岛与八叔黏糊过一段，盼儿有可能是八叔的种子。八叔的小姨子是一个紫红脸膛的小个女人。站在八婶身后的另一个小伙子身材高大，方脸阔口，仪表堂堂。最引人注目的是他那两只漂亮的大手。他是八婶的私生子，名字叫熬儿。盼儿和熬儿都已娶妻生子，他们的孩子都姓八叔的姓——"管"。

二

第二天上午，大哥也从外地赶回家。吃过午饭，母亲说："看看你们大奶奶去吧，听说她病得不轻。"

大奶奶家住在东胡同里，原有三间旧草房，后来又在西头接上了两间，一圈土墙围成院落。每年夏秋，土墙上爬满扁豆蔓，一串串紫色的扁豆花盛开着。院子里有一棵梧桐树,树下年年必种一架丝瓜。大爷爷在世时,常坐在树下为人切脉诊病,大奶奶则在旁边搓制梧桐子般大小的黑色丸药。

我跟大哥进了屋子,小姑姑跟我们寒暄了几句。她满脸倦容,说话没有往常那般响亮,那般斩钉截铁,那般滔滔不绝。小姑姑是个能干的女人,她从小跟大爷爷学医,现在也算是乡里的名医,求她的人很多。八叔不在,八婶不见容于公婆,搬回娘家村里居住,赡养老人的事儿实际上全落在小姑姑的肩上。

大奶奶闭着眼躺在炕上,面孔有些浮肿。炕前立着一根支架,架上吊着盐水瓶子,小姑姑正给大奶奶滴注。大奶奶不停地移动插着针头的右手,小姑姑侧身坐在炕沿上,攥住大奶奶的手脖子。说心里话,我对大奶奶没有好感。她过日子太抠,非常贪财,不舍得给人家吃。八婶就是不堪她的虐待才搬走的。有好几次,我去她家,正碰上吃饭,桌上有肉,见我进来,她立刻把肉碗藏到桌子下去。这些小孩子一样的把戏令家族中人人讨厌她,大爷爷也看不惯她。大爷爷曾对我说:"你们要来看我,你大奶奶就是那种穷贱毛病,一辈子也改不了。"她已经八十多岁,满头银发,躺在炕上熬着她最后的岁月,无论她从前怎么样地伤过我们的心,我们也没有恨她的理由了。

她的右手被攥住,便把左手抬到胸前,沿着被子边儿摸来摸去。那只生满褐斑的老手宛若一只盲眼的小兽,在嗅着什么味道,仿佛它正在惧怕着什么东西似的。

大奶奶一边摸索着,一边用含糊不清的声音念叨着什么。我们猜到了她的意思。如果真有"心灵感应"之类的东西,八叔在台湾一定会心痛吧。毫无疑问,大奶奶是一个非常不幸的母亲。

小姑姑在我们的沉默中红了眼圈,她说:

"你们八叔有信了。"

我说:"听俺爹说了。"

小姑起身,从柜子里摸出信给我们看。信很简短,没有特别的话,信纸里夹着一张彩照,照片上有一个穿西装扎领带脸庞长大的老男人和一个中年肥胖女人——肯定是第二八婶了——与一男一女两个孩子。这个男人与我想象中的八叔相差太远了。

小姑姑眼泪汪汪地说:"你八叔这一辈子不容易……你大爷爷生前算过卦,说你们八叔还在,果然还在呀……你大爷爷一辈子没干过坏事,报应啊……"

小姑姑又给我们说她接到信时浑身都凉了,哭一阵笑一阵。又说把八叔的消息给大奶奶一说，大奶奶把正涮着的碗往锅里一掼——

"放屁，放屁！"大奶奶挥舞着炊帚，脏乎乎的刷锅水淋了小姑姑满脸。她骂了两句，嗓音突然低落，浑浊的老泪涌流着，呢呢喃喃地说："我没有儿子……一辈子没生过儿子……"

"娘，真是俺哥的信呀！"小姑姑说着，哭着，"您看照片上，俺哥，俺嫂子，这是您孙子，这是您孙女儿……"

大奶奶抬起袖子揉揉眼，把那照片远远地送到光明里，看着看着，擎着照片的胳膊像被利刃斩断的树枝一样折下来，整个人也如同一堵墙向后倒去……

其实是八叔的信要了大奶奶的命。

小姑姑叹息着说："四十多年，一家人受了多少磨难，最苦命的是我……"

哭够了也说够了，小姑姑用毛巾擦着通红的眼皮，叮嘱我们："你们八叔有信的事，咱们自家人知道就行了，千万别张扬出去。"

我说："其实没事，海峡两岸已经开禁，许多老兵都回来探亲了，八叔迟早也要回来。"

大哥踢了我的脚一下，站起来告辞。

走到梧桐树下时，八婶清清爽爽的形象又立刻浮现在我的面前。

三

八叔的婚礼定在腊月十六日举行。那天果然是个好日子，红太阳冒出来时，树上的白霜闪烁出美丽光彩。亲戚们头天就来了，大爷爷家住不下，就挤到我们家。那时候没有我，大哥刚三岁，穿着新衣新帽，在院子里追麻雀。大哥追赶一会儿麻雀，闻到了从大爷爷家飘出来的熟面条味儿和白菜炒猪肉的味儿，看到了乳白色的水蒸气从大爷爷家门上扑出来，弥漫在早晨清新寒冷的空气里。浑身上下放光彩的八叔跑来了，他招呼亲戚们去吃面条——新婚早晨阖家吃面条，并挟走了我大哥。

大哥说八叔结婚那天早晨，前来吃面条的人足有一个连。大奶奶黑着脸站在锅灶旁边，一副极不高兴的样子。

母亲说大奶奶太抠门儿。儿子结婚的大喜事儿，竟擀了些掺红薯的杂面条儿，煮出来黏黏糊糊，像糨糊一样。如果是穷也罢了，明明有十几石麦子在厢屋里囤着，硬是不舍得给人吃。

大哥是我们这一辈里第一个男孩，全家珍贵着，惯出了他很多小性子。大奶奶端给他一碗杂面条，他耍脾气不吃，哭着要白面条吃。大爷爷正在药铺里跟人喝酒，听到大哥的哭声，便带着三分醉意过来，问了几句，明白了端详，双眼立刻发了绿。他狠狠地瞪了大奶奶一眼，骂一声："狗食！"然后，撩撩袍子弯下腰，端起一盆杂面条，大步走到猪圈外，隔着土墙，把面条倒进猪圈里。大家都被大爷爷给吓愣了。大爷爷只手提盆进屋，将盆往锅台上一掼，对着大奶奶吼叫："给我重擀！用白面，用最好的白面！"大奶奶一屁股坐在地上，哇哇地哭起来。大爷爷抄起一根擀面杖冲上去，立刻被人们拉住劝说："大掌柜的，别发火，别发火。"大爷爷用擀面杖指着大奶奶吼叫："你给我滚起来，要不我休了你！"大奶奶怔了怔，低声嘟哝着什么，从地上爬起来，拍拍腚上的土，斜眼看看大爷爷，依然嘟哝着，走到面缸前，揭了缸盖，一瓢一瓢，往外舀白面，大奶奶的泪珠儿一串串落下。母亲说她是哭她的白面，不是哭别的。

　　总算打发了众人的肚子，大奶奶又跑到猪圈里去哭。哭什么？哭那盆杂面条儿。大家又好气又好笑，一旁嘀咕着：天底下怕是找不到这号的娘！

正围着猪圈闹哄着,就听到大街上锣声镗镗响,喇叭唢呐声也悠悠地传过来。有人喊:"来了!"于是大家便不再管大奶奶,一窝蜂拥上街头看热闹。远远地望到两乘轿子——一蓝一红——从街那头颤悠悠地飘过来。轿前有一班吹鼓手吹奏着喜庆乐曲,十几个半大孩子高擎着旗牌伞扇,竟有些威风生出来。走近家门时,队伍移动缓慢,轿夫们都双手抱着肩膀头,脚下踩着四方步,显示潇洒姿态。轿杆颤悠悠,轿子如在水上漂流。八叔自己把轿帘掀起来,看外边的人也让外边的人看他。母亲说八叔穿长袍,戴礼帽,披着红,簪着花,坐在轿子里甜蜜蜜地嬉笑。在街上显摆够了,轿子落在大奶奶家门口。我奶奶和三奶奶死拖硬拽把大奶奶从猪圈里揪出来。大奶奶滚了一身猪屎,浑身散出脏气。我奶奶和三奶奶剥皮般为她脱掉脏衣服,又急匆匆地为她换上几件干净衣裳。

我奶奶和三奶奶把大奶奶架出来准备受新郎新娘礼拜,母亲和四婶把八婶从轿子里搀出来。有调皮男人挤过来挑起裙边看新娘的脚,并喊:"好大脚!"母亲说:"脚大踩四方!"人群中发出哄笑。大哥说他看到八婶腰间悬挂着一面铜镜,闪闪发光,不知有何讲究。后来才知道这叫作"照妖(腰)镜",是连同轿子一块赁来,用过即还给人家。

拜天地时，八叔花拳绣腿，好像故意出洋相，逗得人们捂着肚皮笑。拜过天地又拜高堂，大爷爷端坐受礼，满脸威风，一副大人物气派。大奶奶侧着脸，把嘴咕嘟老长，好不高兴的模样。母亲说八婶身上发散着一股甜丝丝的香气，好像新蒸出来的白面馒头。因为这味道，使母亲对八婶充满了好感。母亲感到八婶的手凉森森的，暗暗思忖是什么原因使新人的手这般凉。繁琐的礼节终于进行完毕，母亲和四婶把八婶领到洞房上了炕，盖头红布也在这时揭了。母亲说揭开盖头红布时她吃了一惊。八婶粉红脸皮，细长眉毛，一双漆黑单眼皮儿大眼睛，嘴巴很大，两个嘴角上翘，弯勾月儿样，唇色鲜红，肥肥的。母亲说八婶五官单独看都不是标准的美人零件，但搭配在她那张脸上，却生出别样的雅致别样的光彩。八婶是真正的细高挑儿身材，到老也不见臃肿。她说起话来轻言曼语，脾气温顺，一点也不张狂。八婶在炕上坐定后，大奶奶拉着一张长脸，端上来一张红漆木盘，紧接着上来茶水和点心，点心存放时间太久，有一股霉味儿。母亲说大奶奶一进来，八婶的手指就不知该弯着还是直着，好不自然的样子，大奶奶却恶狠狠地盯着儿媳的脸，好像有深仇大恨。八叔鬼鬼祟祟探进头来,被母亲轰了出去。下边锅灶里不停地烧着火,炕热得烙人。八婶坐的炕头尤其热,母亲看到她不停地挪动屁股,便说:"妹妹,垫上条被子吧。"

八婶点头,表示同意母亲的建议。她刚要欠起身来,就听到炕席下一声巨响。八婶从炕头蹦起来,粉脸灰白,挂着清汗珠儿。洞房里硝烟弥漫,母亲和四婶也惊得张嘴结舌。新炕席崩破了一个洞。八婶的屁股也受了点伤。外屋的女眷们闻声赶来,经研究,爆炸物系一外裹牛皮纸、内装黄色炸药和碎玻璃的纸炸炮,一摔、一挤、一压都会响,过年时孩子们摔着玩。按习惯,新媳妇的新炕由大伯子来铺,八婶的炕是父亲铺的。大奶奶一看崭新的炕席被炸破,怒火冲上头。在炕下跳着高儿骂我父亲坏了良心。大伯子不能进入弟媳的房子,父亲站在窗户外大声分辩着。父亲说也许是小孩子把炸炮扔到草垛上,他拉草铺炕时带了进来。大奶奶不依不饶,一口咬定是父亲存心使奸行坏。最后还是大爷爷来为父亲解了围,大爷爷说有点响声比没有响声吉利。母亲说她心如乱麻,仿佛看到了这家人七零八落的下场。

几十年后,八婶苦笑着对父亲说:"大哥哟,你也是个好样的,往兄弟媳妇炕头上埋炸弹!"

父亲也苦笑着说:"本来是想跟老八开个玩笑的,

没想到闹出了大乱子！"

母亲说八婶结婚第二天早晨，大奶奶就从鸡窝口搬来一块捶布石，放在八婶炕前，又拎来一把铁锤，端来一盆沾着点红肉星星的猪骨头，冷冷地说："闲着也是闲着，找点活儿给你干。把这些猪骨头砸成泥，搓萝卜丸子吃。"母亲说大奶奶太刻薄了，新媳妇三日不出洞房不下灶是老辈子传下来的规矩，在她手里竟改了。人家穿着一身绫罗绸缎，你让干点别的也好，可竟让砸肉骨头！母亲和众妯娌去看八婶，一撩门帘，就看到八婶在屋子里边砸骨头边流眼泪，溅起的骨头渣子把她的新衣服都弄脏了。

四

大奶奶病情日渐沉重，看情形是挨不过春节了。八婶早就赶来，在床前日夜守候着。

腊月二十三日，盼儿开着一辆拖拉机来了，说是来接八婶回去"辞灶"。因为大奶奶家那条胡同很狭窄，无法掉转，他便把拖拉机停在我家门口。停车后先到我家，见到我和大哥，他很亲热地笑起来。我以"哥"称呼他，但心里略感别扭。他穿着一件皮大衣，戴着一顶狗皮帽子，手上满是冻疮却没戴手套。

他从大衣口袋里摸出一瓶白酒，说是送给父亲过年喝。父亲推辞着，但还是接了。坐在炕沿上，他抽着烟，雪白的烟卷儿与他乌黑的手形成鲜明的对照。每年春节，他都跟着八婶回来上坟祭祖，一般是年除夕下午来，初二晚上发完"马子"赶回去，年年如此，从不耽搁。可以想象愈老愈古怪的大奶奶如何对待他们，但他们依然来。

我曾经对父亲说，要是我决不来！图什么？父亲叹息道：还不是为了找个归宿，让外边人看着，知道他们是咱老管家的人，要不两个孩子不就成了野种？我说野种又有什么不好！父亲说：事情不是那么简单，你八婶是个有心计的人。

盼儿闷闷地抽着烟。大家都感到压抑。父亲长叹一声，说："盼儿，我对你说了吧，你爹有信了。"

闷了半天，盼儿说："我早就听到风声了，小姑姑也是看差了秤，包着盖着干什么！没有爹我也活了四十多岁。难道下半辈子没有爹我就活不下去了？俺奶奶怎样对待俺娘们，你们也都看到了，都是俺娘痴心，不是为着她，我来这儿干什么？为了那两碗不咸不淡的烂饺子？大伯，您得为俺娘争公道！"

说完，盼儿起身去东胡同看大奶奶，我和大哥把他送到门口，大哥责怪他不戴手套，他笑着说："越捂越冻。"

五

腊月二十八日下午，大奶奶喘完了最后一口气。父亲和几位叔叔以及我们兄弟都去看大奶奶的遗容。她笔直地躺在炕上，身穿明晃晃的寿衣，脸上蒙着一张黄表纸，屋子里的味道非常难闻。小姑姑和大姑姑——大奶奶的大女儿——拍打着膝盖嚎哭。大姑夫也来了，倚着门框站着，眼皮飞快地眨巴，一脸的狡猾表情。八婶满脸泪痕，坐在灶前烧水。盼儿和敖儿站在院子里，听着屋里的动静。

父亲与叔叔们商量着大奶奶的后事，选择墓地啦，准备寿材啦，筹办酒席啦，等等事项，都安排了专人负责。最后，在让谁为大奶奶"摔瓦"的事上发生了争执。八叔不在，此事应由盼儿做，几年前大爷爷的瓦也是盼儿摔的，但大姑姑不同意。

父亲有些恼火，问大姑姑："盼儿不摔谁摔？他是长孙！"

大姑姑撇着嘴说:"他是谁家的长孙?我们家没有他这个长孙!"

父亲生了气,眉毛吓人地抖动着,厉声说:"大伯去世时,也是盼儿摔的瓦!那时你们怎么没意见?"

大姑夫不阴不阳地说:"此一时彼一时也。"

父亲怒吼:"你姓什么?你姓黄!我们老管家的事你插什么嘴?"

大姑父满脸赤红,背过脸去抽烟。

盼儿说:"大伯,您别为我争,这片瓦,谁摔也行!"

八婶一改往常姿态,大声呵斥盼儿:"小孩子家,插什么嘴!一切听你大伯安排。"

两位姑姑也不再言语,只是把嗓门提高了些,一边嚎一边叫:"爹呀,娘呀,怎么不等俺哥回来就走了……"

八婶突然大放了悲声。我第一次看到八婶失态大哭。

六

腊月二十九日,阖族戴孝,为大奶奶送葬。

天下着小雪,刮着尖溜溜的小北风,非常冷。抬出棺材后,披麻戴孝的人们在棺材后排成拖拖拉拉的一队。大路两边站着看出殡的人群。街当中点着一个火堆,燃烧着大奶奶枕头里的谷糠,暗红色的软弱火苗上,盘旋着几缕乌黑的烟。我们嗅到了一股刺鼻的气味。队伍的最前头,行走着王家大叔,他充任"司事爷",擎着一支招魂幡引路,幡竿上的白色纸条在寒风中索啰啰地响着。我和大哥搀着盼儿,走在棺材前。盼儿身披重孝,右手持一根柳木哀杖,左手拎着一个新瓦盆,他没有哭。在王大爷的引导下,我们架着盼儿走到火堆前。火堆前摆着一块青砖。在女眷们唱歌一般的哭声里,盼儿举起瓦盆,对准青砖摔下去——瓦盆摔不破不吉利——因此才放了青砖——很少发生摔不破的情况——盼儿似乎很用了力气,但那青灰色的瓦盆却从青砖上蹦起来,在空中翻了几个筋斗,竟完整无损地落在地上。我看到盼儿脸上出现了痴痴迷迷的神情。王大爷敏捷地转回头来,对着我们挤鼻子弄眼扮怪相。我茫然失措,旁顾大哥,大哥麻木不仁。忽听到王大爷压低嗓音说:"踩!踩!踩破它!"我抬脚去踩瓦盆时,大哥脚踩在了我的脚上。瓦盆破了。毫不费力它就碎成了若干片,但盼儿在青砖上却没摔碎它。

墓地离村庄不远,一会儿就到了。大爷爷的墓已被启开，贴着那具尚未腐烂的棺材又凿出了一个大窟窿，大奶奶将与大爷爷地下相会。哭丧的人都散在墓穴四周，大睁着眼，看着十几个男人小心翼翼地把大奶奶的棺材往墓穴里放。天气寒冷，人手半僵，吊棺材的绳子上结着滑溜溜的冰，所以尽管小心翼翼，大奶奶的棺材还是很沉重地跌进了墓穴。棺材带下去的冻土把安放在墓穴里的豆油灯砸翻了。

大姑姑嚎哭起来："娘哇，娘哇，跌坏你的骨头啦……"一边哭着，一边装腔作势地要往墓穴里跳。几位女亲眷拽着胳膊把她拉到一边去。王大爷一挥手，冻得鼻子通红的男人们便匆忙铲起冻土，扔下墓穴去。大奶奶的棺材在冻土的打击下发出空空洞洞的响声。

回来的路上，人们都缩着脖子，侧着脸，不敢面对那小刀子般的东北风。八婶与她的两个儿子和抱着孩子的儿媳妇走在一起。当所有的人都为躲避寒冷匆匆走动时，八婶一家人簇成一团，缓缓地行走，寒风挟着雪粒儿，啪啪地抽打着他们的面颊。

七

傍晚时，雪愈下愈大，我们劝八婶留一夜，她执意要走。于是,我们看到她一家人互相拉扯着翻过河堤,被纷飞的雪团模糊了身影。

夜里十点钟,我们一家人围着火炉,听父亲和母亲杂乱无章地讲述着家族中的往事。母亲说八婶失踪后,大爷爷被民兵从青岛抓回来,关押在乡政府里。八婶提着竹篮子一天三次送饭。大爷爷关了三个月,八婶送了三个月。于是大家都认为八婶是好样的,她理应受到家族的尊重而不是歧视。正说着话,就听着大门被拍得暴响,大家都有些吃惊。

我出去开了大门,一个人踉踉跄跄扑进来。随后,两根黄黄的手电筒光芒照出了一片世界,雪花在光里飞舞着,犹如翩翩飞蛾。持手电的是盼儿和熬儿,八婶已经走进屋里来了。

八婶指着盼儿骂:"这鳖蛋,他爹有信了也不早跟我说!"

她的真情实意令人感动。没掸净的雪花儿在她头发上融成亮晶晶的水珠儿,灯光里八婶的上翘嘴角已经变成了下垂的月牙儿了。

她说:"大哥,你陪我去找他小姑姑,让我看看他爹的信和照片。"

父亲想了想,对我和大哥说:"你们陪着八婶去吧,劝劝你小姑姑。"

好不容易才让小姑姑开了门。屋里灯光明亮，照着大姑姑那张酷肖大奶奶的脸和大姑夫那张猥琐的脸。他们用敌意的目光看着我们。桌子上，有两大捆黄色的线装书，我知道这是大爷爷的医书，而且我还知道这两捆书将被贪啬成性的大姑夫提走。

八婶开门见山地说："他小姑，把你哥的照片拿给我看看。"

小姑姑不满地瞟了我们一眼，冷冷地说："没有！"

八婶的身体晃了一下，两个嘴角抖颤起来。

盼儿说："娘，回去吧！什么宝贝物似的，我没有爹！"

八婶扇了盼儿一巴掌，骂道："畜生！"

盼儿捂着脸嚷起来："你有点志气好不好？俺爹不是好东西，他在外边穿西装扎领带娶老婆生孩子，早把你忘了！你痴心！"

八婶尖利声叫着："我就是痴心！男人娶小老婆古来就有，她为小，我为大！"

我和大哥把盼儿拉开了。

八婶说："他小姑，咱姑嫂俩也混了四十多年了，你说我什么地方失过礼？爹生日孩儿满月，婚丧嫁娶，打墙盖屋，我没落漏过一次，我生是老管家的人死是老管家的鬼，走到天边你哥也是我的男人！"

大姑姑冷冷一笑，说："好一节妇烈女，该给你树块牌坊了！"她指着熬儿问："你说，他是哪儿来的？"

八婶脸色煞白，泪水在眼里打转儿。

八婶呜咽着说："我是有错处……但你们想想：他爹走时我才十九岁！后来又背上了地主分子帽子……要吃，要活……我是没法子……"

大哥说："小姑，小姑，八叔不容易，八婶也不容易，大家都活得不容易，到了今日，都该宽容。八婶没改嫁，从法律上讲她依然是八叔的妻子，所以，八婶的要求不过分。"

小姑姑犹豫了一下，说："给你看可以，但不准你和盼儿写信要美元！"

八婶激动地说："妹妹，你放心，有朝一日你哥回来，送给我万两黄金我也不要！我只要他这个人。"

"那好，"小姑姑说，"你红嘴白牙发了誓，大家都听清楚了。"

小姑姑把信拿出来，递给八婶。

八婶接过信，那张苍老的大嘴难看地歪斜着。照片捧在八婶手里时，那张信笺像一片大雪花落了地。窗户上的纸被雪片打得嚓嚓响着,夜愈深了。好久,八婶挺直了腰,把照片还给小姑姑,用袄袖子擦擦眼,转身对盼儿说:"走吧,回家去,熬儿呢?"

(一九八八年)

屠 户 的 女 儿

我忘不了那些星星。跳跳抖抖，挤鼻子弄眼，像小鬼精灵一样，像那只总是围着我跳来跳去的小黑狗一样。那些星星，在凌晨的天空中，闪烁着宝石一样的光芒。

那时我几岁了？谁能搞清楚？也许我的外公知道，也许我的妈妈知道，反正我不知道，也许连他们也不知道。他们知道也不会告诉我。

最早进入我记忆的，是那些严冬的早晨，村子还沉睡着，狗有一声无一声地叫着，我躺在小推车梁旁边的篓子里，身下垫着厚厚的麦秸草，麦秸草上还铺了一张比我的身体还要长的狗皮。狗皮是金黄色的，软软的，茸茸的，我猜想那一定是条威武雄壮的大狗，叫起来呜呜的，像老虎一样。妈妈总是在一边低声嘟哝着：香妞儿，香妞儿，咱去县城卖肉肉，卖完肉肉买包吃，包子香，包子甜，撑得香妞团团转……妈妈把我放在篓子里，在我身上盖一件专为我缝的小棉被子。然后妈妈就去推开了那两扇用树棍子连成的街门，等着外公弯下腰，将车襻挂在脖子上，手攥着油漉漉的小车把儿，直起腰，把我推出去。妈妈拉上柴门，挂上铁鼻子，捏上一把黄澄澄的大铜锁。我的小黑狗在小车前后跑着，汪汪儿地叫着，我在黑暗中看到了它亮晶晶的眼睛和它那一身在星光下闪亮的皮毛。我们家的小黑狗是全村、全县、全省最漂亮、最享福的狗儿，我们家的小黑狗是喝着猪血、吃着肥猪肉长大的，世界上再也没有一只比我们家的小黑狗命更好的小狗儿了。我们家的小黑狗从来不跟村子里那些吃糠渣渣地瓜皮长大的狗儿一起玩，我们家的小狗儿香香的，村子里的小狗儿臭臭的。

妈妈说：

"小黑，回去啦，好好看住门！"

小黑狗叫两声，便从土墙上留出来的洞洞里钻进去了。我听到它在院子里呜呜叫，它说向我们告别，它说它盼着我们早早地卖完猪肉，早早地回家来。

外公推着小车，妈妈走在车侧，走在我身边。我们的小车轮子碾轧着村子里冻得梆梆硬的街道，发出咯咯噔噔的响声。有时，黑暗的墙角上有狗对着我们叫几声；有时，有一匹黑乎乎的小牛犊飞快地从我们身边跑过去，我听到了它钻过篱笆墙时，身体碰撞摩擦树枝发出的嚓嚓啦啦的响声。我闭着眼睛，看到小牛犊那一身缎子般光滑的皮毛像一大块脂油一样，滋溜溜地，挤到篱笆墙的对面去了。我看到它站在那儿，瞪着水汪汪的大眼睛看着我，仿佛要对我说什么话，但是它没有说话——我知道它不好意思跟我说话，它故意不跟我说话，它总有一天会对我说话——用它那紫色花瓣儿一样的小嘴，叼住那些秋天时缠绕在篱笆墙上开紫色喇叭花儿现在干枯了的牵牛花的叶子，用力地撕下去，用力地撕下去，它不吃，它不饿，它叼住撕它们，只是为了使篱笆墙发出哗哗啦啦的好听的声音，给我听。

很快我们就出了村子。外公弓起腰，憋住气，把小车推上一个大土坡儿。妈妈有时转到车前头去手拉住车前的横档棍，助他一把劲儿，有时则根本不管，由着外公哼哧哼哧憋着气把小车拱上去。一上坡儿，我就看到了那条河，严冬的凌晨总是特别黑暗，河里的冰总是在黑暗中闪烁着模模糊糊的白光。外公手拽着车把，身体后仰着，脚使着劲儿，放车下坡了。我听到他的大脚蹭得下坡路响，我能想到那两只大脚在鞋里的模样。

下了坡就是一座小石桥，我们从县城卖肉回来时，小石桥总是伏在河上，弓着腰，歪着头，摇晃着尾巴，对我们微笑。我总担心当我们的小车到它的背上时，它会一使劲儿把我们甩到河里。虽然这种情况从没发生过，但我感到这种情况随时都会发生，总有一天会发生。

我听妈妈说我们家离县城有三十里路，所以我们要一大早起身去赶县城的早市。过了石桥，再爬上一个坡儿，就是直通县城的大道了。妈妈说这条路原来弯弯曲曲，凸凹不平，路两边全是野草，夜里走起来叫人害怕。妈妈说她小时候这路两边有很多大坟墓，还有一些黑松树林子，夜里，那些鬼火呀，就像小毛人提着小灯笼，碧绿的，鲜红的，金黄的，好多好多，多得数不清，在坟地里飞来飞去。咪，一条绿火线；咪，一条红火线；咪，一条金火线。多吓人呀，但又多么好看呀。黑松树林子里有很多白色的夜猫子，哇哇地叫，叫得人的脊梁沟里凉飕飕的，头皮一炸一炸的，不知不觉冷汗就流出来了。树林子里有一些穿小红袄的小毛人，拖着一根蓬蓬的、像毛谷穗一样的大尾巴，在树林里藏猫猫、过家家。多好玩呀，我真羡慕比我大许多的妈妈，看到过那么多好看的风景，听到过那么多好听的声音。

妈妈说后来来了一些人，把路两边的坟墓扒了，把黑松树林子砍了，把路加宽了，填高了，伸直了，路面上铺上碎石头、灰渣子，用大石磙子压实了，又铺了一层沙子。从此不管下多大的雨路上也能走车了，没有泥巴粘住车轮，糊住车辐条了，也没有泥巴剥掉妈妈的鞋底子了。可是我恨那些人，他们把鬼火撵跑了；他们毁了小毛人的家，更毁了妈妈看过的风景。

但是我看到的风景也够好的，比不过妈妈的风景，也够好的。路两边总是一排排的树木，在只有星星的时候，我看到它们像一个个高大的、噘着嘴巴生闷气的大男人，我们的小车儿在它们的脚下哧溜溜地滑动着，像它们的玩具儿一样。只要它们发了怒，一抬脚就可以把我们的车，连同我的外公和我的妈妈，当然更跑不了我，踹出去好远好远，我们和我们的车儿在星星中间翻着跟头飞，有时候碰到星星们那些亮晶晶的腿，星星们害羞似的把腿抽回去，我们最后掉在河里，把比猪肉膘子还厚的冰都砸破了。每次想到这儿我就哭起来。妈妈安慰我，侧着身子给我擦眼泪。妈妈的手上有一股生猪肉味道，很好闻。我就是闻着这股味道长大的。妈妈的身上，外公的身上，我们家的被子上，喝水的碗上，都有这股味道。妈妈的手很凉，她的手也很大，我的脸在妈妈手下就像一只没长毛的小雀儿一样。

妈妈说:"香妞儿,香妞儿,又被梦虎子魇着了吧?醒醒,你看,太阳就要出来了,县城快到了。"

外公吭吭了两声,想说话又说不出来的样子。在我的记忆里,总是妈妈在说话,对我不停地说,把一些话翻来覆去地说。外公从来不说话。

太阳果然出来了。先是露出了一条边,从一排排的树木后面,从一个个的草垛后面,从一排排的草尾后面。我们迎着太阳走,县城就在太阳那边。太阳的边缘红红的,嫩嫩的,像刚出壳的小鸡儿一样,像妈妈的眼睛一样。那上边总是有一些云彩,今天这样形状,明天那样形状,没有重过一次样。但各式各样的云彩总是被每天早晨的太阳染得一样鲜红。我说妈妈这个天下真嫩呀,一掐冒水儿,像小蚂蚱,像小蘑菇,像小萝卜,妈妈就笑。

妈妈说:"这个天下真嫩,这个小孩真老。"

太阳照着我们,它一会儿工夫就有了火性,不像个妞妞,像个发威的大黄狗了。它放射出万道金光,好像大黄狗抖擞着一身黄毛。路一直通到光明里去。路边的树梢上,结着一层毛茸茸的霜花,它们那么冷,像那些大男人一样站着,鼻孔眼子里喷着白气。天渐渐地蓝起来，我看天是那么样的方便，天上的星星在跟我告别，它们怕太阳，匆匆忙忙地跑，我看着它们吹熄了手中的蜡烛沉到天的蓝色里去。鱼儿也是这样沉入大海的吧？我没见过大海，妈妈见过一次，妈妈说见过蓝天也就等于见过了大海，于是，我就把见大海的念头打消了。

阳光照着我妈妈，我妈妈是这个世界上最美好的人。我妈妈穿着葱绿色的对襟褂子月白色的肥腿裤子；我妈妈梳着大辫子，我妈妈脸膛红彤彤的，我妈妈唇上有茸茸的毛，我妈妈眼睫毛上有茸茸的霜。我妈妈从来没在我面前流过眼泪，我妈妈总像随时都要流眼泪。我知道我妈妈的眼泪一旦流出来就会不断头地流，像挂在我家房檐下那冰柱子一样，滴滴答答滴个不停，我妈妈就会越来越小，最后消逝，我妈妈就会像一股气一样散在地下，再也找不到了。我生怕我妈妈流眼泪，妈妈你千万别流眼泪。

县城已经跑到太阳底下了，我远远地看着它那些楼那些烟囱，还有它那些生着枯草的城墙。那里冒着许许多多的烟。有比黑夜还要黑的烟，有比雪还要白的烟。

我们穿过城门，与很多人走在一起。人们都看我一眼，就把头正过去再也不看了。他们都像有心事一样，匆匆忙忙往前跑。我们的小车轮子滚上了那条石板铺成的路。一转弯再一转弯后，再转一个弯从那栋有一圈松树围着的小楼旁弯过去就到了肉市了。

外公的脸上挂着汗珠，胡子上沾着一些冰珠珠。到了肉市的时候他总是这副模样。

车子在肉市上停下来，因为一旦放平了车子，我的头便要比身子低，所以我们的车子从不平放。外公预备了一根带杈的桃木棍子，把车子支起来，我很舒服地仰在我的篓子里，看着那些油光光的卖肉的架子。我们虽然路远但我们走得早，所以我们从来都是第一家把两大片洗刮得白生生红灵灵的猪肉挂在肉架子上的。肉架子外边有一条很宽的沟，沟里有一些冒热气的脏水，还流动呢，不知道它们从哪里流出来，又要流到哪里去。有几只早起的鸡在沟边的垃圾里刨找着吃食，一只绿毛大公鸡不断地跳到母鸡身上去。公鸡下来后，母鸡就抖擞羽毛，把羽毛蓬大许多抖擞几下，继续刨找食。

妈妈帮助外公把猪肉挂到肉架子上。挂肉的钩子是我们自己带来的，我们家好多把这样的用粗铁筋锻打成的钩子。妈妈把那只扁篓放在肉架子上。扁篓里有刀，有磨刀的铁棍儿，有一杆秤，还有一些柔韧的、捆肉用的马莲草。外公从他的羊皮袄里掏出烟包烟袋，点火抽烟，一会儿工夫白色的烟雾罩住了他那张通红的、肥胖的大脸。那脸上有许多的深皱,皱里有永远洗不净的灰垢。外公的雾昏昏的双眼像两粒磨毛了的玻璃球一样,在烟雾里显露着短短的、怯怯的光芒。外公把毡帽头往脑后推了推,露出了一半秃得光光的脑壳。外公真丑。我不喜欢外公。我离不开外公。只有妈妈在我身边时我总怕别人来打我,有外公和妈妈在我身边我不怕。外公的秃头冒着热气,有一些汗水在发亮。清冷的空气里有炊烟的味道,生猪肉的味道,烟草的味道和外公的汗味。妈妈的汗是香的,外公的汗味是膻的。是不是因为外公老穿那件羊皮袄的缘故呢?他的羊皮袄上抹了几十年猪油,明晃晃的,下雨下雪都不怕。几条瘦狗嗅着味到了肉架子附近,它们夹着尾巴,灰溜溜的,跷腿蹳脚,眼睛贼贼的,鼻子尖尖的,一副又馋又怕的可怜样子。看着它们我更为我的小黑狗骄傲了。我的小黑狗是我的伴儿,是我的宝贝,我心头上的肉儿,就像妈妈说我一样。只要有我吃的就有小黑狗吃的。只要我提出来要喂狗,无论是多么好的肉,妈妈和外公没有不答应过。

妈妈对我说:"香妞儿,好好呆着,妈去买点吃的。"

每天都是这样。妈妈买来三个夹肉的热烧饼,用纸包着,走过来。妈妈走得风快,好像那烧饼烫着她的手。

妈妈先把一个烧饼递给我,然后把另一个烧饼放在肉架子下的扁篓里跟刀放在一起。那是给外公的。妈妈从来不把烧饼递到外公手里。妈妈也从来不招呼外公吃什么。

妈妈与我面对面吃烧饼,夹肉的烧饼越嚼越香。我们习惯了干嚼烧饼不喝汤。卖完了肉我们去吃炉包时,妈妈会弄一碗水给我喝,水面上漂着大油花子,烫嘴的水。

卖肉的人们陆续来了,一会儿就挂满了肉架子。那么多卖肉的人,我都认识,有张庄的张大爷,李村的李大叔,都是男的,只有我妈妈一个人是女的。有时候李大叔的老婆也来帮李大叔收钱捆肉,那时就有两个女的。李大婶总是用手摸摸我的头,说:"可可怜怜的个小闺女哟!"

我不知道我有什么值得她可可怜怜的。

照例,他们跟我外公打着招呼,但外公只是点点头,哼哼哈哈几声,很少回答。外公懒得说话。

那天早晨,李大叔说:"老秦大叔,我看你也别犟劲了,买把小刀子,开剥猪皮吧,国家开着收购站,皮价贵于肉价,国家要用这皮去制革,给干部们、城里人做皮鞋穿呢,吹皮刮毛,又费劲又少钱,何苦呢?"

外公不吭声。

整个肉市上,只有我们一家卖的是带皮的猪肉。带皮的猪肉好吃,有嚼头,所以,我们家的肉卖得最快。

那一天,逢什么节吧,肉要得多,王屯的那个黑大个子在肉架子下安了一张床子,现杀现卖起来。

外公把肉卖完了。我们没照老例去吃炉包,黑大个子要杀猪,我们要看光景。

黑大个子的儿子推着两口肥猪来了,猪四脚被绑,躺在车梁两边,吱吱地叫,嘴角吐着口沫。两口猪,一黑一白,白猪的眼珠子血红,仿佛要沁出血来。

黑大个子和他儿子把猪抬到床子上。猪叫得凶,把我的耳朵都震聋了。

黑大个子抄起一根疙瘩棍,对着猪的耳朵根子,捣了一棍,扑哧一声响,肉肉的,潮潮的,猪不叫了,四条腿挺硬,索索地抖。黑大个子抄起白刀,攮进去,一搅,拔出红刀,黑血跟着刀,咕嘟嘟冒出来。

黑大个子吼他儿子:"快端盆接血呀!"

他儿子端过盆,放在猪下。黑大个子揪着猪耳朵,抠着猪鼻孔,活动着猪头,让猪血更快更猛地泻到盆里去。一会儿，猪软了，血不流了，刀口往外冒一些血泡泡。黑大个子松了手，抄起刀来，噌噌几下子，就把猪头割下来了，一会儿，又把四个猪蹄卸下来了。

杀猪真热闹，好多人围着看。瘦狗们趁着乱，从人腿缝里钻进去。舔溅在地上的猪血。挨了踢，就赖唧唧地叫着，躲到一边去，一会儿，又溜过去，挨了踢再躲开，真可怜。

我外公和我妈妈杀猪可不这样子。我一闭上眼睛，就能看到我外公和我妈妈杀猪的情景。

我们要杀的猪，都是头天下午去卖猪的人家捉来，放在院子里拴着，它跑不了，小黑狗看守着呢。它想跑小黑狗就咬它的腿。差不多半夜的时辰，妈妈就从炕上起来，点着了灯，只要妈妈一点着灯，外公就必定坐在墙角那个草铺上吧嗒吧嗒抽烟了。然后妈妈就往大锅里倒水，哗哗地响，有时还会有些冰块子砸着锅底咚咚响。妈妈坐在锅前烧水，火红红的，暖暖的，映着妈妈的脸，真好看呀。后来锅里的水就吱吱啦啦地唱起来了，外公也到院子里去了，院子里的猪也叫起来了。院子里的猪一会儿就不叫了，我知道它已经被外公杀死了。外公杀只猪像杀只兔子一样，方圆十几里，谁不知道杀猪的秦六呢？这时锅里的水也开着，妈妈揭开锅盖，热气直冲屋顶，很多灰挂落下来，那盏灯的光模糊了，黄了，只剩下豆粒那么大，那些热气，一缕一缕的，往上冒。妈妈和外公把死猪抬进来了。妈妈在锅上横上一块木板，把猪抬上去。外公用刀在猪小腿上切一个口儿，用铁通条往里捅，然后呀，精彩极了，我外公把嘴贴在那刀口上，憋足气，往里吹——哧，猪腿鼓起来了，哧，猪肚皮鼓起来了——我外公吹一口气，就用手捏住刀口，再运气，再吹，他的气息真大，一会儿工夫，就把只猪吹得像只大皮球一样，一敲嘭嘭地响。妈妈用瓢舀热水，往猪身上浇，浇一会用刀子刮毛，一刮一大片，猪毛褪，白皮出。外公和妈妈配合着，把个猪弄得光光溜溜，真干净。这时候我睡着了，等着妈妈把我抱到车上去。她和外公怎样开猪膛，怎样劈猪肉我看不到。我妈妈和我外公给猪褪毛技术第一。

黑大个子却用刀剥皮，先在猪肚子中间开一条缝，一点点往下剥，剥过肚腩子，皮硬了，便用膝顶着猪，拇指按着刀背，一只手拎着猪肚皮，哧，一刀捅到脊梁，哧，哧，果然也很快。一袋烟工夫，那头猪就把皮脱了，但那肉难看极了，周身都是刀口，比不上我外公和我妈妈的猪肉，光光滑滑，干干净净，白是白，红是红，这才是猪肉呢，这样的猪肉才好呢！

有一天，我病了，头痛，发烧，妈妈去买了两片发汗药，喂我吃下，让我蒙着被子发汗。我果然出了汗，汗水把我泡起来了。我要掀被子，妈妈不让。

妈妈说："好香妞，盖好，妈去卖肉，你在家好好躺着，妈把饭给你放在身边，妈卖完肉就回来。"

我第一次单独在家，我有些怕，但我说："妈妈，放心去吧，有小黑狗伴着我呢！"

外公悄无声息地过来，把一个洗得干干净净的红皮大萝卜放在我的脸边，我的腮贴着凉森森的萝卜皮儿，很舒服。我最爱吃红皮大萝卜，我谢谢外公。

我听到狗叫柴门响，听着车辘辘转动的声音，想念着那满天星斗和无穷的风景，不知不觉睡着了。

小黑狗的叫声把我唤醒，阳光已经照在我的脸上。小黑狗在炕前蹲着，笑眯眯地看着我。

我说："小黑狗，咱俩一块儿玩，好不好？"

小黑狗点点头，摇摇尾巴。

我吃了妈妈留给我的饭，没忘了分一些给小黑狗吃。我吃了外公留给我的红萝卜，没忘了分一半给小黑狗吃，小黑狗把萝卜叼到一边去，它说辣，不好吃。

明媚的阳光照着我的家，那些悬挂在梁头上的铁钩子油光闪闪，渴望着我与它们说话。一些绿色的苍蝇在屋子里飞，嗡嗡嗡，唱小曲儿。小黑狗在院子里叫，院子里有鸟的鸣叫，啾啾喳，啾啾喳，这是只什么鸟儿？它生着什么样的羽毛？什么样的嘴巴里能发出这样好听的声音？我挣扎着，跳下炕去，用我的宝贵的手，往院子里爬。小黑狗高兴极了，围着我跑。有时，它还从我的身体上蹦过去，蹦回来，它肚皮上的毛摩擦着我的屁股我的背，茸茸的，热热的，真舒服。

小黑狗说："香妞儿，香妞儿。"

我说："小黑狗，小黑狗。"

我家院子里有棵香椿树，树梢上，蹲着一只黄肚皮、绿尾巴、红头顶的鸟，它在唱歌，跳舞。阳光像猪血一样，茸茸的，暖暖的，涂满我的全身，院子里有一股香椿叶的味儿，还有金色的蜂儿在阳光里飞行，一粒粒，像金星儿一样。

突然，有一块石头打在树上，险些儿就打中了那只漂亮的小鸟，小鸟一抖翅膀飞了。我看着它拖着一道花影子飞到耀眼的光明中去了。街上，传来一阵孩子的欢笑声。

从我生下来，还没跟村里的孩子们一块儿玩过。他们都是些毛茸茸的小东西，都拖着条谷穗般的大尾巴。

"小黑狗，小黑狗，我想上街去。"

"香妞儿,香妞儿,跟我上街去。"

小黑狗笑着,一耸肩,从墙洞那儿钻出去了。它在墙外叫我:"香妞儿,香妞儿,快快钻出来。"

我爬到墙洞那儿,学着小黑狗的样子,窄着肩,缩着身子,往外钻,终于钻出去了。

街上的情景真美妙,篱笆上都是扁豆花,扁豆花上落着红蜻蜓。有一个井,井上架有辘轳,有一个人在打水。一大群男孩子,在街上堆沙土、扔垃圾、捕蜻蜓。

他们看到了我。他们围上来看着。

我友好地望着他们笑,小黑狗也对着他们摇尾巴。

一个小男孩大声说:

"你们看,她没有脚!"

他们蹲下,瞪着惊愕的眼睛,看着我那两条像鱼尾巴一样的腿。我生来就是这样的,我曾问过妈妈我为什么这样,妈妈就流眼泪,我最怕的就是妈妈流眼泪。

一个挂着黄鼻涕的小男孩,伸出一根黑指头,戳了戳我的鱼尾巴,我急忙把它缩回来。

小男孩问:"你是个妖精变的吗?"

"我不是妖精,我是人,我叫香妞儿!"

"你是妖精!"小男孩大喊着,领头跑了。男孩们也大喊着:"妖精,妖精,没有脚的妖精。"一齐跑了。

我的眼里流出了眼泪。

小黑狗的眼睛里也流出了眼泪。它走到我身边，伸出刺刺的红舌头，舔着我腮上的泪。

这当儿，有一块石头落在了我的身边。我正要寻找石头飞来的方向时，就有十几块砖头瓦片飞过来，有的落在我身上，有的落在狗身上。有一块尖利的瓦片击中了我的额头，我的额头上渗出了鲜血。在血泪模糊中，我看到那些小男孩躲在篱笆后边笑。

我大声叫着："我要杀了你们，剥你们的皮，褪你们的毛！"

小黑狗像一支利箭，冲向那些小妖，我听到他们像鬼一样哭嚎着逃窜了。

一会儿，有几个老婆子，领着那些被小黑狗咬伤的男孩，骂着走来了。她们说：

"这是什么社会了，唉，还敢养恶狗咬人？这狗咬了人，要得狂犬病，看他秦六怎么办！"

小黑狗一闪身就钻到院里去了。

我也学它的样子往里钻。

我的头在院子里了，但我的腿——鱼尾巴，还在墙外。这时，我感到有一只粗糙的手攥住了它。我听到有人在墙外说：

"都来看呀都来看,都来看看人鱼怪!"

那一夜,妈妈一直抱着我。我感到一会儿在锅里煮着,一会儿在冰里冻着。更多的时候,我感到自己在那像蓝天一样的大海里游着,我从来没这样舒畅过,星星在我身边,舞动着那些闪光的、没有脚的腿,激起了一簇簇的浪花,濡湿了我的脸……

我看到妈妈的眼泪连串儿往我脸上滴。

妈妈的眼泪像猪血一样。

后来,我做了一个梦,在梦中,我看到我们家灯火明亮,妈妈披散着头发,双手高举起那根沾血的木棍子,一下一下地,敲打着萎缩在地铺上的外公。

外公双手护着脸,一声也不吭,一动也不动,妈妈的棍子好像打在一只褪净了毛的死猪身上,发出一种令我难以忍受的"咯唧咯唧"的响声。黑色的血从外公的秃头上冒出来,外公的血又厚又稠,像蜂蜜一样。

外公不见了。

妈妈杀完最后一口猪。

我问妈妈:"他是我的爹吗?"

妈妈怔了怔,然后把那柄弯弯的长刀用力捅进了猪腹,还在刀柄上打了一拳,然后平静地说:"他不是。"

"那我的爹呢?"

妈妈脸上绽开了比太阳还要温暖的微笑。她把我抱起来,用茸茸的嘴巴触着我的脸,说:"你的爹是个漂亮的大汉子,他有两只大眼睛,一嘴黑胡茬子,一头好头发,背着大刀,刀把上拴着红缨子。骑着一匹大红马,马镫里塞着他一双大脚……"

我的爹有一双大脚。

总有一天,我也会长出一双大脚。

(一九九二年)

麻风的儿子

《旧约全书》里说，麻风病患者周身疼痛，衣衫褴褛，头发蓬乱，一边走一边喊叫："啊，肮脏透了！"他们不但肉体非常痛苦，内心更加痛苦。健康的人避之如蛇蝎，他们自己也自惭形秽。一次，一群麻风病人结伴到耶路撒冷去，走到撒马利亚与加利利交界的地方，又碰上十个麻风病人。他们聚合在高坡上，彼此相顾，心中痛苦万端，便不约而同地大声喊叫起来："耶稣，我们的不公平的主啊，可怜可怜我们吧！"随即奇迹出现，他们的病一下子好了。

这群病入膏肓的麻风病人，在极端绝望的情况下，公开表示了对耶稣的不满，于是他们的病好了。由此可见，连耶稣也对麻风病人心怀忌惮，所以，一般草民畏惧麻风病人是完全应该的，不畏惧才不正常。在西方一些著作中，记载着一些大慈大悲的人不顾世人的讥诮和鄙视，给麻风病人关怀和爱，甚至有纯情少女吻麻风病人的极端事件。这些大善人的特立独行，读之虽令人敬重，但一想到少女花瓣般的芳唇触到麻风病人的腐皮烂肉上，心里总是不舒服。似乎在很小的时候，就知道麻风病的厉害。好像说麻风是一种遗传的病，子子孙孙难以穷尽。这也正是麻风病令人闻之色变的主要原因，至于腐皮烂肉、淌血流脓、疤眼钩爪较之代代相传还在次位。中国老百姓素有为下一代不惜牺牲自身幸福的传统，在对待麻风病的态度上，也可见到这种传统的影响。

第一次见到麻风病人是一个秋天。我家西边那条胡同里，有一盘石碾子，石碾子后边一户人家，家主张老三，他的老婆是麻风病患者。但她一直躲在家里，很少有人见到过她的形象。她的儿子叫张大力。那时候农村没有机器磨，吃的东西，玉米、瓜干之类，都要在石碾子上轧。我二哥是张大力的马前卒，所以我们要碾东西时，二哥总是通知张大力，让他帮我们占住碾子。我跟着二哥去过大力家一次，进他家院子里，恨不得屏住呼吸。他家有三间草屋，屋子里很黑。大力自住西间屋，东间屋里，住着他娘。大力的爹住在饲养室的火炕上，从不回家睡觉。正屋梁上，有好几窝燕子。我们不敢进东间屋，听到里边有个女人在怪腔怪调地咳嗽。屋里黑咕隆咚的，一股霉味扑鼻子，像有鬼一样。那次是跟着二哥看张大力表演枪技的。张大力自制了一把土枪，木柄，用子弹壳做筒，橡皮筋、钢条做击发装置。筒里装上爆竹中剥出来的黑药，黑药里混上些高粱粒儿，说能打下麻雀来。筒口用棉花堵住。大力握着那支枪站在他家院子里，让我们退后，拉开架式，瞄着树上一只麻雀，一搂机儿，一声大响，枪把子、子弹壳炸碎，麻雀飞了。大力把皮开肉绽的手迅速地插到衣兜里，面不改色地说：试验失败了，药不好，下次弄点好药再试。这时，一个很乖戾的声音在屋子里骂：作死吧，你个穷种！这声音灰白阴冷，给我留下极恐怖的印象。

有一天去碾瓜干，热了，我脱下褂子，放到碾旁的石头上。碾完了，把褂子忘了。回家后也不知褂子丢了，一直等天凉了才知道褂子丢了。家里人都骂我，说丢了你就别穿，冻着吧。太穷了，就那一件褂子，只好冻着，一直光脊梁光到遍地白霜，皮肤都是青的了。有一天又去推碾子。那个女麻风病人出来了。她的形象当然不好看，但她的手里托着我那件褂子，那件厚布褂子，我一眼就看到了我的褂子。她对我母亲说：这是你家小三的褂子吧？不及母亲回答，我就说：是我的褂子。她说：我从碾旁拾的，洗干净了放着，几个月了也没人来找。我接过褂子就穿到身上，身上感到温暖，心里感到愉快。母亲说：亏了你大娘，要不今年冬天你就光着脊梁熬吧。回到家，姐姐让我把褂子脱下来洗一遍。母亲说：不用洗了，该得什么病都是命定的，洗能洗掉吗？

所以我对大力的这个令人望之生畏的有麻风病的娘没有恶感。

后来，不上学了，到生产队里干活，割草放牛，小孩营生。大力是整劳力了，我只有在早晨、中午在铁钟下等待队长派活时才能见到他。

麦收开始，大人割麦，小孩跟着拾穗，与大人们一起劳动，我很兴奋。那时候鸟很多。麦田里有很多鸟窝，窝里有没生羽毛的小鸟雏或者鸟蛋。野兔子也很多，每天都能捉到拳头大小、一身绒绒毛的小野兔。捧在手里，十分可爱。还有狐狸、獾什么的。张大力继承了他爹出语滑稽的特点，平常言语经他一说也能产生令人捧腹的效果。而且他还一肚子故事。见到狐狸，他就讲狐狸，见到獾就讲獾。他说有一年他夜里到南洼里捉蟹子，点着灯笼，披着蓑衣。半夜时分，一个周身缟素的女人抱着个孩子过来,讨吃的。大力说他直对着女人的脸看,越看越觉得那女人眉眼不清,便一口咬破中指,大吼一声,将指上血淋过去。那女人怪叫一声,扔下孩子一溜火光走了。大力惊出一身冷汗,低头一看,哪有什么孩子?原来是只又肥又大的野兔子!这真是天送肉来也!回到家剥了兔子皮,煮了兔子肉,兔子吃了爹,兔子吃了娘,兔子吃了我,吃得眼通红——众人都笑,不想辨真假。

队里还有一位善讲故事的人,外号老猴子,据说他一九四七年时先是担任共产党的村民兵队长,后来又拐枪投奔了还乡团,解放后定为坏分子,接受村贫下中农的管制。这样身份的人一般都是唯唯诺诺、沉默寡言、郁郁寡欢的,但这老猴子大爷是个例外,他的笑声比贫下中农的还响,他的话比贫下中农的还多,除了他义务扫街时让人想起来是个阶级敌人外,平常无感觉。他双眼叠皮,鼻梁高高,只可惜脸上有麻子——如果没有麻子他是一个美男子。这样的俏麻子往往都是风流场上的好手。老猴子毫不隐讳他年轻时的风流事。队里很多小青年在他的教导下进攻女人得手。他说,对付女人,一要模样二要钱三要工夫四要缠。小伙子模样俊,女人一见就爱。腰里缠着万贯,没有不爱财的女人。没有这两样，就要舍得下工夫，死缠，厚着脸皮上，女人被缠烦了，也就松了腰带……老猴子散布的流毒很多，难以尽述。

割麦子那天，不知谁扯起头，把话题绕到麻风病上。老猴子说，最可怕的事是和麻风病女人睡觉，一睡一个准，百发百中，跑不了的。他说江南有一些女麻风病人每逢五月端阳这一天，就要找一个健康男人睡觉，谓之"放毒"，把毒气放到男人身上，女人便好了。他说有一年有一个年轻的小伙子，到浙江一带去贩丝绸，晚上宿在一个店里，一个还算漂亮的女人钻进他的被窝。小伙子说，我家里有未婚妻，回去就结婚，不能破了童身。女人百般挑逗，小伙子始终不乱。后来，女人说，天下竟真有你这种躺在被窝里都不乱的男人，枕着鲜鱼睡觉的狸猫，实话对你说吧，我是"放毒"的。小伙子吃了一惊，暗自庆幸。临行时，女人送他一站又一站，小伙子说，姑娘，你跟我走吧，我有个舅舅，治风症有些名气，你跟我去让我舅舅给治治，兴许就好了。姑娘便随小伙子回了山东，自然是山东的高密，自然又是高密的东北乡。回家后第二天就结婚，宾客如云，怕口舌纠缠，将江南姑娘安顿在看场屋子里。女子独栖空屋，听着人家结婚的管乐响亮，心中自然一阵阵凄苦。

想死又想活，泪流了很多。后来口渴急了，又不敢出去寻水喝。正好屋里有一口缸，缸里有些许脏污水，不知何年储存。渴急了，就掬缸中水饮。饮罢，周身发痒，一两日后，遍身褪了一层皮，露出了如脂如玉的新鲜皮肉，变成了一个嫩油油的奇俊大闺女。小伙子一见，差点认不出来了。问，姑娘如实告之。小伙子忙去问舅。舅说，那缸里，肯定有一条白花蛇。白花蛇是一种毒性极大、行动如风的蛇，轻易见不到，是宝。用它的水治风症，哪有不好的道理。可见这江南女子是个大福之人。小伙子回去告诉女子。女子哭了半天，说，我家里已无亲人，得了这种脏病后，看透了乡人心，所以我不想回去了。如果相公不嫌我丑陋，我愿给你做个小老婆。小伙子说不敢不敢。我昨天新娶的老婆很凶。女人说，我自己去跟她说。言罢，去了。竟说成了。这小伙子，白捡了一个小老婆。这叫做好心有好报。女子好心无意中好了病，男子好心捡了个奇俊小老婆。又说白花蛇。说捉一条可不容易。发现白花蛇的盘踞地后，要备一匹快马，九根竹筒，一把长镰刀。说白花蛇一般喜欢盘踞在白菜心里，到了那儿，伸镰搂倒白菜，然后打马急驰，白花蛇乘风追上来，赶快把竹筒扔下去，白花蛇缠住竹筒，竹筒断裂。蛇再追，马上人再扔竹筒，一连九次，白花蛇就力竭而死。说白花蛇只有一虎口长，白如银，咬着人的影子人就死，其毒性究竟有多大可想而知。白花蛇难求，所以麻风病人多半要病死。又说日本国把麻风病人用火烧死，以防传染，哪像咱中国？所以村村都有麻风病。说到这里，他忽然看到独坐在一侧的张大力，一丝可以觉察的不安在老猴子脸上浮现出来，他不自然地咳了几声说："胡扯八拉，瞎说着热闹，其实没一丁点儿是真事……"嘟哝几句，他便低了头"吧嗒吧嗒"抽烟，再也不吭声。

张大力在那边站起来，拉开裤子，冲着人群小便。人群里有很多女人，有没结婚的大闺女也有刚结婚的小媳妇，都把头别到一边去，红的红，白的白，不是正常颜色。男人们脸色也古怪，看一眼，触电般低下头，不再去看。我生性好奇，别人不看的我偏要看，看着他那青色的脸上那两只细眯的放射出阴沉光芒的眼睛，心里竟莫名其妙地充满对这个黑大汉的敬意。

队长胡寿是个十分乖觉的人，一看阵势，知道紧接着下来不定要发生什么事。张大力虽说是麻风的儿子，但家庭成分却是雇农，按照毛泽东的分析，雇农是农村中的无产阶级，绝对的革命力量，撒起野来谁人敢挡？胡寿虽说是队长，但家庭成分却是中农，隔着雇农还有贫农和下中农两个阶级呢。于是胡寿大声说：

"干活干活，不歇了，多歇无多力！"

众人懒洋洋地站起来，提着镰刀，跟着胡寿往麦田里走。那年老天爷开眼，刮和风，下细雨，麦子长得空前的好。老人们说，自打共产党来了，不是水灾就是旱灾，第一次风调雨顺，长了一坡好庄稼，可见要出圣人了。那天割麦的地点是东南大洼，地垄奇长，从南头到北头足有五里，一个来回就是十里。麦子长得好，人心中高兴。全队的人聚在一起干同样的活儿，自然产生出竞赛心理，略有些气力、技艺的人都想在这长趟子的割麦中露露身手，一是满足一下人固有的争强好胜心，二是为年底评比工分创造条件。老猴子是庄稼地里的全才，镰刀锄头上都是好样的。由于他有出色的劳动技能，虽有一顶"坏分子"的帽子在头上压着，在队里还是有一定的地位。毕竟庄稼人要靠种庄稼吃饭而不是靠"革命"吃饭。大家跟着队长胡寿，排开阵式，一个挨着一个，老猴子提着那把胶州宽镰，当仁不让地站在第一名。过去总是胡寿排在老猴子后，今天却情况突变。张大力提着把破镰刀，把队长胡寿挤到一边，站在了老猴子身后，不说什么，板着张青色脸，盯着老猴子。老猴子也没说什么，看看张大力，嘴角撇撇，显出几丝轻蔑。割麦子三分力七分技，所以老猴子不怵。若论推车扛梁，张大力全村第一；要说割麦子，就数不着他了。我猜想老猴子也是这样想的。

老猴子紧紧腰，拉开架子，蹲下，左脚前，右脚后，上身前倾，脚尖踮地，一口气提得很高。右手挥镰，左手抓麦，镰到手到，刷刷刷，一片响，人就斜着身子杀到麦田里去了。在后边只看到麦梢儿翻动，老猴子哧溜溜地往前滑，割下来的麦子，搁在左大腿与腹部间夹着，夹够了个儿，割一束高麦打根腰子，扔地上，抱出夹着的麦，放上，又往前滑去。老猴子割出的麦，穗儿齐茬儿矮，身后无一遗漏。果然是割麦高手，不敢不服。张大力把老猴子让出去十几步远，然后下了手。他弯着腰，下蹲，割下的麦放在双腿间夹着，根前穗后，从后边看像长着沉甸甸的尾巴。双腿夹着麦快速移动。竟然也是一穗不落。张大力手大胳膊长，后娘打孩子，一下是一下。那活儿干得，看上去有一些笨拙，但很是实在。起初，老猴子落下张大力半个麦个子的距离，割进去十几个麦个子的光景，张大力一紧劲儿，逼到了老猴子腚后。老猴子蹲着，张大力裆里的麦根子正好戳着他的背。戳得老猴子龇牙咧嘴，频频回首，而每逢他一回首，大力就把手中的麦子抢过去，那些干透了的麦芒子恰好扫着老猴子的脸。老猴子施出平生本领，想把张大力甩下，但又如何能甩得下！一个来回下来，已是傍响天光景。老猴子累瘫了，坐在地上，脸上的土有铜板厚，双眼红肿，狼狈透顶，对着张大力作揖道：

"大侄子，适才的话，权当您大叔放了一通屁！"

张大力咧咧嘴，没说什么。

队里割麦的人，被老猴子和张大力拖得像羊拉的屎，漫地都是。队长胡寿割到地头，用拳头捶打着腰，对着地里喊："都歇歇吧！"

听到胡寿的号令，人们都随地躺了，舒展着委屈了半天的腰腿，死了一样。

那时我是半拉子劳力，跟着割麦人捡丢落的麦穗，好运气让我跟在老猴子和张大力的腚后，几乎没穗捡，跟着走，看他们的精彩表现，看他们的斗争。老猴子的镰快，刷刷刷，像割水一样，大力用一张生锈的破镰，全仗着力气大，割不断的连根就拔出来了。

休息过，又割，老猴子提着镰往后退去。没人敢打头了。胡寿笑着说："大力，咱爷们不当把头让谁当？领着割吧，什么时候跟村里说说，这队长也让给你来当吧。"

大力也就不客气，当了割麦的把头。

晚上在生产队的记工屋里记工时，墙上的喇叭广播了县气象站的天气预报，说三天内必有冰雹。听完广播，人心都撮起来。熟透的麦子，到了嘴边了，队长胡寿说，说什么也不能让雹子砸了，半夜就起身，早饭送到坡里去吃，钟响为令。

似乎刚躺下，就听到钟响了。人们摸着黑，集合到铁钟下，胡寿大声说，都来了吧？没来的说话。自然没人说话。胡寿说既然没有说话的就是都来了，走吧。还是去东南大洼，一路上听到蛤蟆在道边的水渠里咯咯叫，凉风扑面，潮乎乎的，抬头看，满天都是星斗。到了地头，抽了一锅烟，便摸着黑天割。割了不知多长时间，一抬腰，忽然看到日头在东边冒了红，人人身上都被露水打湿。满天都是彩霞。队长说，歇歇吧，等饭吃。都坐在地头，磨镰。老猴子从渠里吸了一口水，嘴里插了一根麦秆儿，双脚掌夹住镰背，左手拇指和中指挺住镰刀，右手捏着一块鸡肝色的磨石，嘴里的水通过麦秆儿泚泚地洒到镰刀上，真磨得俊秀。大伙都磨镰，只有张大力不磨镰，他只用鞋底子把镰蹭了几下子就把镰扔了，然后用嘲讽的目光看着认真磨镰的老猴子。

忽然有人喊："来了饭了！"

大伙都把头抬起来，对着太阳升起的方向望去。大地升腾着缕缕白气,日头很大,不圆,像腌鸭蛋的黄儿般红润,似乎在淌鸭蛋油儿。果然看到生产队的保管员王大成和生产队会计员李竹筐的老婆万美丽挑着担子,拖着长长的影子,忽闪忽闪地背着太阳来了。

保管员用两个大篓子挑着各家的饭,万美丽挑着两桶绿豆汤。饭的香气在辉煌的晨光中荡漾,人人都兴奋,哧呼着鼻子,忘记了浑身的湿冷、腰酸胳膊痛,纷纷站起来,围上饭挑子。各家的包袱各家认识,有拿不准的,保管员指点纠正。张大力也挤到挑子前,伸手去找自家的饭食。

保管员说:"哎哎哎!大力,缩回你的手,别乱扒拉,你家的饭在这儿。"

保管员指指扁担头,那儿悬挂着一个黑色的破旧人造革皮包,襻上吊着一个脱了瓷的搪瓷缸子。

我看到张大力那只小蒲扇一样宽大的、热切切地伸向饭篓的手尴尬地僵住了。那只手骨节粗大、皮粗肉少,宛若一个被囚的响马。那只手上沾着植物的汁液,显得邪魔鬼魅,令人生畏。

众人都低着头,把喊喊喳喳的兴奋话语压到肚子里去,提着包袱,避到一边去,生怕有厮杀的鲜血溅到脸上似的。二姐扯着我的袖子,低声说:三儿,吃饭去。

我感到心里很沉重，看了张大力那索索抖动的、像锈烂的铁皮一样的脸，心里更难过。我的鼻子堵胀，眼珠子辣辣的，差不多就要流出热泪来。我盼望着又生怕张大力把保管员打翻在地。保管员满脸愧色地说："大力，不是我愿意这样做……收饭时，都不让把自家的包袱靠着你家的包……饭凉了，你舀碗热汤泡泡吃吧……"

大力从扁担头上摘下自家的包，抡起来，身体随着包旋转，像运动员投掷铁饼一样，把那包连同包里的饭连同拴在包襻上的搪瓷缸子，甩了出去。那黑乎乎的一团，在灿烂的阳光里飞行着，拖着长长的尾巴，像一只倒霉的大鸟，落到远处的麦田里。在包子脱手时，大力嘴里发出一声怒吼——也许更像哀鸣，像受了伤的野兽一样。

大家都看着他，没有一个人说话。二姐把我母亲烙的葱花馅饼递给我，这平日里很难吃到的美味佳肴，我吃到嘴里竟没滋没味。大力远远地坐在沟梁的边上，用他的宽厚的黑背对着我们。我很想把我手里的葱花馅饼送给他吃，但我不敢。队长胡寿端着一碗绿豆汤走过去，但我看到大力没有动没有说话也没有喝汤。本来是一个热闹的愉快聚餐，因为张大力变得既压抑又冷清。保管员站在桶边大声说："怨我吗？这怎么能怨我？靠着谁家的谁家有意见，不挂在扁担头上挂在哪儿？难道要挂在我的脖子上吗?"

队长胡寿说:"行啦行啦,你就别吵吵了。"

后来有几个年纪大的人拿着自家省下来的干粮,到渠边去劝大力,絮絮叨叨说了很多话,大力终于站起来,跟着一个老人到了人堆这里。胡寿拿着一个白面馒头和一棵葱,递给大力,说:"吃吧,人是铁,饭是钢,一顿不吃饿得慌。吃吧,待会儿还要割麦子呢。"

大力笑笑,大踏步走到土路上,挖起一块新鲜的牛屎,托在手掌里,给众人看了看,然后,大口大口地吃下去。吃完了,抹抹嘴,淡淡地一笑,提着镰刀,呼呼地走到麦田里,弯下腰去,挥舞镰刀,割起麦子来。

我们都不恶心。我们都站起来,看着那个刚吃了一块新鲜牛屎的高大青年在广阔无垠的金黄色麦田里进行着劳动表演。优美的劳动,流畅的劳动,赏心悦目的劳动。我们都急不可耐地扑向麦田。

一年后,胡寿辞职,张大力接任当了队长,过去的诸多不愉快的事情渐渐被忘记,人们都在说,张大力的娘其实不是麻风病人,她生的是牛皮癣,不传染。

我的邻居孙家姑妈把她的第三个孙女哑巴三兰嫁给张大力做了老婆。

几年后,张大力的眉毛和胡子褪光,脸上生了很多疙瘩，这是早期麻风病人的鲜明特征。

村里第三小队那位刚从华山麻风病医院住院回来的麻风病人方宝指手画脚地说：

"张大力不是麻风病才是活见了鬼，别人能糊弄了，我能糊弄了吗？别看我疤眼钩爪，但我已经治好了，身上不带菌了，不传染别人了。张大力带菌，传染人。"

说起来也怪，方宝家门前也有一盘石碾子，张大力家门前的石碾子坏了，我们到方家门前石碾上压瓜干时，见到方宝从华山麻风病院带回来的那个麻风女人抱着一个孩子坐在门口晒太阳。那女人的脸变形严重，十分恐怖，我们几乎不敢看她。她却不停地主动跟我们说话，说前三辈子伤了天理，杀了刚干完活的老牛，天报应，得了这种恶症候。她的话一点也唤不起我的同情心。

方宝是个心地不太好的人，有一次有个小孩骂了他一句，他扑上去，把那小孩按倒，将一口痰吐到那小孩嘴里去。村里人都说这孩子非得麻风病不可了。

世界上的事情千奇百怪，方宝的老婆那样一副模样，竟然还闹出过一次风流案。村里第三小队有一位名叫袁春光的中年人，家里有一个模样端正的老婆，强似那麻风女人千倍，但他竟舍香花就败絮，夜晚上了方宝女人的炕，摸乳触唇，弄得火上来，就宽衣解带，刚刚入港，方宝就从墙后边冲出来。手提着一根槐木棍，对着袁春光的头就下了家伙。在以后很长的一段时间里，我们碰到方宝，就逗引他。

"方宝，说说你是怎样收拾袁春光的。"

方宝一听到这话头，眼睛顿时就亮了，他嘴里喷着唾沫星子，指指画画地说："俺老婆对我说：孩他爹，袁春光这个东西不安好心肠，趁你不在时，就来摸我的奶子。于是，俺两口子就定下一条计……我躲在草垛后，看着他一闪身进去，就拿着棍子尾进去，等到他一爬到俺老婆身上去，我便冲出来，对准他的头，一棍子见了血，两棍子血滋滋地蹿出来……"

村里人都说袁春光必得麻风病无疑，但至今已有二十年过去，袁春光身体还是很健康。他的额头上，那个明晃晃的大疤，是他年轻时留下的风流标志，不可磨灭。有人问他头上疤时，他总是说："小时被驴咬的。"

张大力终于还是去了华山麻风病院，回来后，他带着老婆孩子下了关东，十几年了，没有一点音信。他的爹掉到井里淹死。他的娘无影无踪。

（一九九二年）

祖母的门牙

据说我刚生下来时就有两颗门牙。我的祖母遵照古老的传统用打火的铁镰给我开口时，还以为我的牙床上沾着两粒黄瓜子儿呢，但她马上就听到了我的门牙碰撞铁镰时发出的清脆响声。祖母的脸顿时就变黄了，因为在民间的传说中，生下来就有牙的孩子多半都是复仇者——是前世的仇人投胎转世——这个复仇者不把这个家庭弄得家破人亡是不会罢休的。祖母扔下火镰，提着我的两条瘦腿，像提着一个剥了皮的猫，毫不犹豫地就要往尿罐里扔。她老人家曾经是专业接生婆，在周围十几个村子里都有名气，经她的手接下来的孩子不计其数，经她的手溺死在尿罐里的小妖精同样不计其数。

我出生时，新法接生已经实行多年，村里的人家生孩子已经不来请祖母，她的饭碗让新法接生给砸了。我母亲的肚子刚刚鼓起来时，祖母那两只闲了多年的手就发起痒来。我母亲从过门那天起，就听她咒骂新法接生。她说新法接生是邪魔歪道，接下来的孩子不是痴就是傻，不痴不傻长大了也是罗圈腿。我母亲是上过识字班的人，认识起码三百个字，能看简单的小人书，在农村妇女中算知识分子，她当然不相信我祖母的鬼话，但五十年代初期的农村家庭，还笼罩着浓厚的封建气息，我父亲又是个出了名的孝子，我祖母说什么他就信什么，即便心里有怀疑，也不敢提出异议。他对我祖母的感情远远超过对我母亲的感情，他和祖母经常联手欺负我母亲。

我母亲嫁过来的第三天，我祖母就对我父亲说："富贵，该给她个下马威了！"

他有点羞涩地说："才三天……再说，她也没犯错误……"

我母亲说："你爹话还没说完呢，你奶奶那个老混蛋就把一个鸡食钵子摔了！"

啪！祖母把鸡食钵子扔在地上，跌成了三六一十八瓣。

"富贵呀，富贵，你个杂种，我一把屎一把尿把你拉扯大容易吗？"祖母瞪着金黄的眼珠子，指着我爹的鼻子控诉,"你可真是'山老鸹,尾巴长,娶了媳妇忘了娘!把娘扔到山沟里,把媳妇背到热炕上!'"

"娘,我没把您扔到山沟里……"

"你还敢跟我犟嘴,你翅膀硬了是不是?自打这个小狐狸精进了门,你就不像我的儿子了!你说吧,今日你打不打?不打她,就打我!"

母亲说:"从来就没见过你爹这样的窝囊废,他心里其实是舍不得打我的,我进门三天,连大门朝哪开都没摸清楚,你说我会有什么错误?"

我父亲见我祖母发了大脾气,把嘴一咧,呜呜地哭起来。

祖母一屁股坐在地上,双手轮番拍打着地面,呼天抢地地哭着、数落着:"老头子啊……你在天有灵,睁开眼看看这个好儿子吧……老头子啊,我这就跟随着你去了吧……"

我母亲看到这种情景,自己从屋子里走出来,跪在我父亲面前,说:"娘让你打,你就打吧!"

母亲说:"我硬憋着不哭,但那些眼泪就像断了线的珠子一样,扑扑簌簌地滚下来。"

父亲从灶前捡起一根烧火棍,在我母亲的背上抽了一下子。

祖母瞪着眼说:"我说富贵,你演戏给谁看呢?"

父亲为难地说:"还得真打?"

祖母气得身体往后一挺,眼见着就背过气去了。

这一下可把我爹给吓坏了,他大叫着:"娘啊娘,您别生气,我这就打给您看,我狠狠地打给您看……"

父亲抡起烧火棍,抽打着母亲的背。打顺了手,也就顾不上拿捏,一下是一下,打得真真切切,鲜血渐渐地沁透了母亲的衣衫。母亲起初还咬牙坚持着,后来就哭出了声。

母亲说:"痛是次要的,主要是感到冤屈。"

祖母长长地出了一口气,活了过来。

父亲看到祖母醒了,手上更加不敢惜力,一下比一下打得凶狠。

母亲身体一歪,倒在地上。

祖母抽着大烟袋,懒洋洋地说:"行了吧,念她初来乍到,饶了她吧!"

父亲扔掉烧火棍,眼里含着泪,嘴一咧一咧的,活像个鬼。

祖母严肃地问我母亲:"你是不是心里觉得冤?"

母亲的眼泪哗哗地流着,说:"不冤……"

祖母说:"我看你心里冤,冤得很呐!"

母亲哭得连话都说不出来了。

祖母问:"知道为什么打你?"

母亲摇摇头。

祖母说:"当年,我进门三天,我的婆婆也是这样,让你公公打了我一顿,当时我也觉得冤,连死的心都有,但是现在我明白了,我婆婆让你公公打我,是告诉我一个道理,知道是啥道理吗?"

母亲摇头。

祖母站起来,拍拍腚上的土,说:"多年的水沟流成了河,多年的媳妇才能熬成个婆!"

这句话让母亲在黑暗中看到了一线光明。

母亲说:"如果不是听了她这句话,那天夜里,我很可能一绳子就把自己撸死了。"

多年后我问母亲:"为什么不去找政府?为什么不去法院告她?"

母亲摇摇头说:"你说什么呀!"

母亲怀着我将近临盆时,曾经动过请李瓶儿来接生的念头,私下里也跟父亲提出过请求。父亲说:"你这不是让我到老虎腚上去拔毛吗?"

祖母看出了母亲的心思,敲山震虎地说:"李瓶儿那个小婊子,只要她敢跨进我的家门一步,我就把她那个臊尿豁了!"

就这样,我一出生就落在了祖母那两只冰凉的手里。

在我的头就要被浸入尿罐的危急关头,母亲一跃而起,蹿到炕下,从祖母手里把我抢下来。祖母大怒,道:"富贵屋里的,你想干什么?"

祖母说着就把她的铁硬的爪子伸过来,想从母亲手里把我夺回去。母亲抱着我的头,祖母扯着我的腿,我在她们两个的手里放声大哭。那时刻我好像一只刚蜕壳的蝉,身体还是软的,在她们两人的拉扯下,我的身体就像一块橡皮,眼见着就被抻长了。我是母亲身上掉下来的肉,尽管我长了两颗暂时不该长的门牙,但母亲还是疼我爱我,生怕在这样的强力牵拉下把我拽成两段。祖母这个老妖精,她不疼我也不爱我,在我还没出生时她就开始咒骂我,因为我在母亲肚子里让母亲干活的速度和质量受了影响,祖母就骂我母亲怀了个狗杂种。她一看到我长了两颗门牙就把我判为复仇鬼,为了家庭的安全,她要把我摁在尿罐里溺死。母亲因为爱我不敢用力,祖母因为恨我往死里用力,这场拔人比赛一开始母亲就注定要输,眼见着我就要落在祖母的手里,落在祖母的手里也就等于落在尿罐子里,而落到尿罐里也就等于落到了死神手里。在我母亲的眼睛里,祖母满头的白发根根都带了电,就像阳光曝晒下的猫的毛。祖母的眼睛闪着绿油油的光好像暗夜里的猫眼。祖母的鼻子弯曲,牙床突出,下巴又尖又长,活像一个捣蒜的锤子。祖母突出的牙床上挂着两颗大门牙,牙根暴露,渗出血丝。这老东西自己明明也生着门牙,而且是很大的很长的发黄的像老马的门牙一样的大门牙臭门牙,却不允许我长门牙!这算怎么个说法?你也太霸道了!俗言道:父不慈,子不孝;奶奶不仁就休怪孙子口出恶言:你这个老妖精!母亲在危急关头,护犊情深,把三纲五常二十四孝统统抛到脑后,抬起一只手,在运动中攥成了拳,对准了祖母的嘴巴,捅了一家伙。只听到一声肉腻腻的响,祖母怪叫了一声,松了扯住我的双腿的手,捂住了嘴巴。我的身体在母亲怀里很快地收缩起来,缩得比刚脱离母体时还要短,我恨不得重新回到母亲肚子里去,当然这是不可能的。难产的孩子其实都是先知先觉的孩子,他们不愿意出来,是他们已经预见到世道的艰难和不公正。我之所以在母亲的肚子里连门牙都长了出来,是因为我在母亲肚子里已经多待了三个月,这也是祖母把我当成了妖精的重要原因。其实,我之所以不敢出生,十分里倒有八分是怕这个老妖精。母亲这一拳有点狗急跳墙的意思,也有点困兽犹斗的意思,她是劳动惯了的人,怀我到了八个月时,还挑着一担水爬河堤,干活练得胳膊上全是一条条的腱子肉,这一护犊子拳捅出来,少说也有二百斤的力气,腐朽得快要透了顶的祖母如何承受得了?受不了也得受,这就叫哪里有压迫哪里就有反抗。正义的铁拳打到祖母的嘴巴上,打得她发出了怪叫,打得她连连倒退,那两只从小裹残了的地瓜脚缺少根基,倒退连连是正常的,如果她不倒退才是不正常的。她的脚让门槛绊了一下,然后她就一屁股蹾在地上。如果她生着尾巴,这下子肯定把尾巴蹾断了;尽管她没有尾巴,也把本来应该生尾巴那个地方的骨头蹾痛了。她就那样双脚在门槛里屁股在门槛外坐着,张开口往地上吐了一摊血,血里有两颗大门牙。这老家伙的门牙其实已经摇摇欲坠,母亲不用拳头捣它们它们也挂不了几天了。祖母捡起门牙,放在手心里托着,仔细地观看了一会儿,然后就嘤嘤地哭起来,那声音像一个受了委屈的胆小如鼠的小姑娘。

母亲说:"听惯了你奶奶扯着大叫驴嗓子哭嚎,乍一听她换了这样一副腔调,感到很不习惯。"

母亲说:"我原来是准备与她拼个鱼死网破的,但没想到她会这样。"

母亲一只手抱紧了我,另一只手抄起了一把剪刀,等着被打掉了门牙的婆婆发起疯狂反扑。母亲说当她看到祖母吐出她的大门牙时,心里就做好了最坏的打算。但出乎意料的是:祖母就那么老老实实地坐着,嘤嘤地哭着,平时骂惯了人的嘴巴里连一个脏字儿都没出。

母亲认为这是狂风暴雨前的平静,就说:"马张氏,祸我已经闯下了,今日我是破罐子破摔了,人活百岁也是死,砍掉脑袋碗大个疤,自从进了你家的门,我过的就是牛马不如的生活,人说世上黄连苦,我比黄连苦三分,与其忍气吞声活,不如轰轰烈烈死!我不后悔,我很痛快,我准备好了,你来吧,我先用剪子戳了你,接着就戳我自己!"

母亲发表了她的血泪控诉与豪言壮语,祖母丝毫没有反应,还是捧着她的门牙在那里哭泣。母亲纳闷极了,心想这是怎么回事?这事就好像是武松打掉了老虎的门牙老虎竟然坐在地上哭一样。母亲说:"马张氏,你别装了,该动手了!"

祖母还是那样。母亲仔细研究着祖母的脸,发现丢了大门牙的祖母脸变了,甚至可以说变得可怜巴巴,或者说变得很像个弱者。后来的事实也证明,母亲一拳把一个母老虎打成了一只老绵羊,从此祖母就从家庭霸主的地位上退了下来，母亲当家做了主人。至于我父亲，祖母当家长时，他是个好成员；母亲当家长，他表现得更好，因为他当年毕竟在祖母的指示下充当过欺负我母亲的打手，心中有愧，自然想好好表现。

祖母性格的突变，作为一个问题，困扰了母亲几乎一辈子，直到祖母年近一百、母亲年近六十时，才无意中找到了答案。

祖母九十九岁那年，萎缩得如一条干蚯蚓般的牙床上，竟然又长出了两颗小牙，这两颗小牙长在门牙的位置上，说明了这是两颗门牙。这情形很像一棵枯萎的老树上生出来两个嫩芽。对祖母嘴里的这两颗牙起初我们感到好奇，还把这当成了个新鲜事儿出去宣传。公社里一个报道员正为稿子不能见报发愁，听到了这个传闻如获至宝，骑着自行车到我家来转了一圈，回去就添油加醋地写了一篇稿子，说是新人新事新社会，新生事物层出不穷，铁树开花，枯枝发芽，百岁老人返老还童，重新生了两颗门牙。这篇稿子很快就见了报。我母亲对这种宣传很反感。她对祖母重新长门牙心中不安，认为年近百岁的祖母重新长牙就像公鸡下蛋母鸡打鸣一样，很可能是个不祥之兆。后来发生的事情证明，母亲的预感是正确的。

自从祖母长牙的消息见报后,到我家来看稀奇的人络绎不绝。开始我们也把这当成了光荣,人来了就热情接待,但很快我们就烦不胜烦。本村的人差不多都来了一遍,外村的人也来了。来了就让祖母到院子里,坐在太阳底下,仰起脸张开口,龇出那两颗白白的儿童般的小牙。这样的两颗牙如果生在儿童嘴里,一龇出来就像小狗一样,的确很可爱,但这样两颗牙生在一个鹤发鸡皮的老太太嘴里,看起来不但不可爱,反而有点别扭。这种不好的感觉你也不能说是恶心,你也不好说就是硌碜,反正是够别扭的。不久,在我们村插队的一帮知青试验成功了一种特效菌肥"5248",说是比日本尿素的肥效还要高一百多倍,把一棵地瓜秧的根儿放在"5248"的水里蘸蘸,栽到地里去,两个月后,长出来的地瓜就像石碌子似的。这一下子我们村成了典型,轰动了半个省,前来参观、"取经"的人一拨接着一拨。不知道哪个跟我们家有仇的混蛋造了一个谣言,说我祖母的门牙就是喝了一口"5248"溶液后长出来的。这下子我们家可热闹了,前来参观的人必来我们家,村里和公社里那些干部也揣着明白装糊涂,他们明知道根本就没有这码子事,也不站出来辟谣。起初他们还支支吾吾羞羞答答,后来干脆顺水推舟,把看我祖母的门牙当成一个法定的参观项目。

我母亲烦透了,当着那些参观者大骂公社干部和村干部,说根本就没有这码事。但我母亲越是这样说,参观的人越认为这件事是真的。村党支部书记宋大叔把我母亲叫到大队办公室里去,苦口婆心地开导她。

宋大叔说:"大牙他娘,你这人怎么这样死性?"

"大牙"是我的外号,这个外号太响亮了,把我的乳名"红星"和我的学名"马千里"都给盖住了。提起"大牙"没人不知道是我,提起"红星"和"马千里",就没有几个人知道我。

我母亲说:"他大叔,这不是睁着眼说瞎话吗?哪有这码事?就算他奶奶喝了'5248',那也应该满口长牙,怎么单单长了两颗门牙?"

宋大叔说:"说你死性吧,你还反吵,你以为我不明白?我啥不明白?这叫社会,这叫政治,懂吗?政治!"

我母亲说:"不懂你们的这个政治!"

宋大叔说:"打个比方吧,一九五七年,谁不知道吃不饱?可谁要说吃不饱,马上就是个'右派'!一九五八年,说一亩地能产一万斤麦子,谁不知道这是放屁?可谁敢说这是放屁,立马让你屁滚尿流!这样一说你就懂了吧?"

我母亲说:"懂了!"

宋大叔说:"大牙他娘你真是个明白人!"

我母亲说:"但是,他大叔,这么多人,天天像赶大集一样,惊得俺家的鸡也不下蛋了,猪也掉了膘。他奶奶的嘴也给弄得合不上了,喝点水就顺着嘴角往外流,这样下去怎么得了!"

宋大叔说:"这个问题嘛,支部已经研究了,决定给你们家补贴三百斤玉米,让大牙去找王保管领就行了,就说是我说的。"

我母亲说:"三百斤是不是少点了?"

宋大叔说:"大牙他娘,可别得寸进尺!三百斤玉米,一个整劳力一年的口粮呢!"

用暂时的眼光看,祖母的门牙给我们家带来了好处,但祖母可吃尽了苦头。她每天白天的大部分时间都得坐在墙根的向阳处,人来了她就得张开嘴巴,龇出门牙,让人观看。时间长了,口水就沿着她的嘴角流下来,把胸前的衣服都弄湿了。最讨厌的是那些人光看还不行,偏要追根刨底地问:

"大娘,您怎么想到要喝'5248'?"

我祖母眯着沾满眵的老眼,反问:"什么?"

"'5248'是什么味道？"

"什么？"

"您原来的门牙是怎么掉的？"

除了这句问话之外，我祖母一律用"什么？"来回答，好像她是个昏聩的老糊涂，但唯有这句话她回答得很清楚。

"您原来的门牙是怎么掉的？"

祖母猛地睁开眼睛，眼睛里放出幽幽的绿光，用绿光幽幽的眼睛盯住我母亲的脸，响亮地说："是让我的孝顺儿媳一拳打掉的！"

于是，众人的目光便齐齐地射到我母亲的脸上。我母亲在众目睽睽之下，如同受审的罪犯。

就因为那三百斤玉米，我母亲忍气吞声，把这场戏艰难地往下演着。

我到生产队的仓库里找到了王保管领玉米，王保管皮笑肉不笑地说："大牙，你们家可真是好运气！白得了三百斤粮食！"

我把那三百斤玉米分两次扛回家。母亲长叹一声说："人穷志短，马瘦毛长，我们等于把你奶奶当猴耍了……"

我安慰她："娘，不能这么说，这是政治需要！"

母亲解开麻袋，抓起一把玉米看看，说："王保管这个杂种，尽给了些发霉的！装包时你就不看看？！"

"我去的时候他就把麻袋装好了。"

"这个杂种是眼红呢！"

"我找他算账去！"

母亲拦住我，说："算了，咱们丢不起人了！"

因为天天接待参观者，母亲顾不上给猪打饲料，就挖了一瓢霉玉米倒进猪槽，顺便抓了几把撒给母鸡。

当天夜里，我们家的猪死了。

第二天早晨开鸡窝，发现鸡也死了。

母亲从猪圈跑到鸡窝，又从鸡窝跑到猪圈。跑到猪圈里她摸摸那头关系着我们家经济命脉的猪，眼泪哗哗地从她眼里流到她的脸上。跑到鸡窝前她摸着那七只为我家提供日常开支的母鸡，眼泪哗哗地从她的眼睛里流到她的脸上。

第二天，母亲紧紧地关上了大门。当赵大叔带着一群参观者来看我祖母的门牙时，我母亲站在院子里破口大骂：

"狗娘养的赵大山，领着回家看你娘去吧！你娘也喝了'5248'，你娘不但嘴里长了新牙，你娘的肛门里都长了牙！"

我母亲是个有文化的人，我从来想不到她也会骂人，而且骂得如此幽默。

我听到参观者在门外哈哈大笑起来。

我听到赵大叔低声嘟哝着："这个老娘们，疯了！"

我祖母不知什么时候从屋子里出来了，还坐在她坐惯了的地方，仰着头，好像在回答着参观者的提问：

"什么？"

我祖母眯着沾满眵的老眼反问：

"什么？"

我祖母猛地睁开眼睛，眼睛里放出幽幽的绿光，用绿光幽幽的眼睛盯着我母亲的脸，响亮地说：

"是让我的孝顺儿媳一拳打掉的！"

我母亲像让电打了似的愣住了。我祖母不间断地重复着上面那三句话，简直就是个老妖精。

我母亲想了许久，冷笑着说："不错，是我打掉的！"

我母亲大踏步地走进厢房。

我听到厢房里稀里哗啦地响着。

我母亲提着一把生锈的铁钳子走了出来。

我母亲走到我祖母面前。

我大叫一声："娘！"

我祖母猛地睁开眼睛,眼睛里放出幽幽的绿光,用绿光幽幽的眼睛盯着我母亲的脸,响亮地说:

"是让我的孝顺儿媳一拳打掉的!"

母亲弯下腰,一手捏住了祖母的长下巴,一手举起钳子,夹住了祖母嘴里那两颗招灾惹祸的门牙,猛地往下一拽。

祖母的手挥舞了几下,然后就嘤嘤地哭起来。

母亲扔掉钳子,站了几分钟后,也坐在了祖母身旁,嘤嘤地哭起来。

我像根木头似的站在她们面前,耳朵听着她们俩难分彼此的哭声,眼睛看着她们同样苍老的脸,油然地想起一句俗语:

多年的父子成兄弟,多年的婆媳成姐妹。

(一九九八年)

姑妈的宝刀

> 娘啊娘，娘
> 把我嫁给什么人都行
> 千万别把我嫁给铁匠
> 他的指甲缝里有灰
> 他的眼里泪汪汪
>
> ——民歌

直到现在，我还是搞不清楚这段民歌里包含的意义。"把我嫁给什么人都行。"嫁个庄稼汉行，嫁个叫化子也行，嫁个杀人越货的土匪也行吗？好像也行。就是不能嫁给个铁匠。铁匠，在小生产的乡村经济中，应该是具有超出一般庄户人的地位的，他们的技术既可以使他们得到高于庄稼汉的经济收入，又能使他们赢得庄稼人的尊敬。在讲究实际的乡村，那位首先唱出了这支歌的她，为什么会对铁匠如此恐惧——当然也不一定就是恐惧，"他的指甲缝里有灰"，好像是她嫌铁匠不讲卫生；"他的眼里泪汪汪"，这一句就颇费解了。一般地说，男子汉的眼里——一个与钢铁打交道的男人眼里泪汪汪，是一种很文学的表现，可以让人产生许多联想，眼泪汪汪的男人可以博得女人们的怜悯甚至是爱。可首唱此歌的女人竟将此作为她不愿嫁铁匠的理由。所以，我总是感到这首民歌后面一定有一个很曲折很浪漫的故事。

我无意靠编造来演绎这个故事。

我宁愿相信这是一种原本就无意义的、随口而出的、只要押韵就行的为儿童的创作。

我是从我家的邻居，孙家姑妈的嘴里听到这首民歌的。当然，叫童谣也完全可以。孙家姑妈是顶着一头白发进入我的记忆的。在我们家乡，妈等于奶奶，而妈妈则以娘谓之。因此，这孙家姑妈，实则是我的奶奶辈，我母亲和父亲以"姑"呼之。我不清楚我们家与她家几代前有过什么样的关系，但孙家姑妈是我童年记忆中的一个重要人物。

我没见过她的丈夫,但她毫无疑问是有过丈夫的,因为她有两个儿子。我没有见过她的两个儿子,我只见过她大儿子的两个女儿和小儿子的一个女儿。这三个女儿年龄差不多,都是我与二姐姐的玩伴。

孙家姑妈家有三间草屋,没有大门,院墙很矮,墙头上生着野草。她家房子后边有十几棵刺槐树,开花季节,香气飘到我家来;落花季节,房顶上一片白。我吃过她家槐树上的槐花,甜甜的,吃多了则感到微涩。有一年姑妈还请我们吃过用高粱面混蒸的白槐花,黏黏糊糊的,很滑溜。她家院子里有过一棵石榴,花开时,红艳艳如火,留给我极鲜明的印象。那石榴似乎开花不结果。她家院墙根上,还生着几十墩马莲草。那是一种扁长叶、开紫白色花的多年生草本植物,叶子很韧,割下晒干后,常卖给屠户捆肉。

孙家姑妈会吸烟,用烟袋吸。她那只烟袋是黄铜锅儿、湘妃竹杆、玉石嘴儿。据她说那玉石嘴很贵。据她说玉石能救人。譬如说一个人登高不慎摔下,只要身上有玉,就伤不了筋骨;只是那玉就惊上了纹,所以玉只能救人一次。孙家姑妈说话时,用后槽牙咬着她的玉石烟袋嘴儿。从她那儿,我才为玉石的贵重找到了一个原因。

她的三个孙女，一个叫大兰，一个叫二兰，一个叫三兰，现在都成了妈妈了。

那时，我与二姐经常约三个兰去邻村听戏。她们的奶奶——孙家姑妈，总是很开通地同意她的孙女与我们一起去。

我记得她家的屋子里黑咕隆咚的，炕上和地下，摞着一些黑色的箱子，箱子里盛着什么，我不知道。当时我也没想过那些箱子里装着什么。有一天我们去邻村看了一出戏，戏名好像是《罗衫记》，或者是《龙凤面》，记不清了。回来后孙家姑妈让我们说戏给她听，我们七嘴八舌，大概也没说清楚。孙家姑妈听着我们说，很宁静地叼着烟袋，后来她就给我们，更可能是为她自己，哼哼着唱出了那首怕嫁给铁匠的歌子。她唱完了，我们都笑了。我记得我二姐还说道：姑妈嗓子真好听。

姑妈也笑了。

我想起了那时村里小孩中间流传的一段顺口溜儿：

从北走到南

孙家三枝兰

大兰爱哭

二兰嘴馋

三兰不开言

这是比较典型的儿歌了。但这儿歌是不是儿童的创作也很难说,因为它相当准确地说出了三个兰的特点,小孩能有这样的概括能力?三个兰一个属马,一个属羊,一个属猴,长到十几岁时,已经分不出哪个大哪个小。她们的模样都是比较清秀的,三兰更漂亮些,但三兰是个哑巴。二兰馋,喜欢用舌尖舔嘴唇。大兰虽然年龄最大,但经常被她的两个妹妹弄哭,就好像她是个小妹妹一样。

这三个女孩当中,我最喜欢的是爱哭的大兰。可能因为我也爱哭。我最不喜欢三兰,倒不是因为她哑,而是因为大人们跟我开玩笑,要把三兰给我做媳妇。我说我才不喜欢她呢!我才不要个哑巴呢!本来在这之前我是喜欢三兰的,那时候我感到找媳妇是极其丑恶的事情。也可能是一种惧怕长大的心理在作怪吧。

我们长到十七八岁时,忽然就疏远了,我二姐有时还去她们家玩,我却不去了。有一次我见到孙家姑妈在我家院子里与我父亲说话,我竟然心中乱跳,想:一定是孙家姑妈要把三兰中的一个说给我做媳妇了。三枝兰,各有风韵,但三兰不语,这无论如何也是个重大缺陷，所以三兰是不要了。二兰嘴巴尖，骂起人来嘴巴快得如同利刀切菜一般，也不要，还是要大兰。大兰的辫子很长，性格温顺，最好。那天父亲一边锯着木头一边与孙家姑妈谈话。温暖的天气，锯末子金黄，父亲脸上淌着汗水，孙家姑妈跟父亲谈了很久才走。我走出去时，感到父亲看我的眼神很异样。

第二天，我的脸上起了一些红疙瘩，父亲冷冷地说："你不要胡思乱想。"

父亲的话像一盆凉水浇在我的心里，我感到极其羞愧和自卑。

又过了几年，大兰找了婆家，紧接着，二兰和三兰也找了婆家。

现在，铁匠们的故事涌到我的眼前来了。

每年的麦收前夕，是我们高密东北乡最美好的季节。这时，是春尾夏头，槐花的闷香与小麦花儿的清香混在一起，温柔的南风与明媚的阳光混在一起，蛤蟆的鸣叫与鸟儿的啼叫混在一起。这是动物发情的季节，也是小伙子们满街乱窜的季节。每年的这时候，那三个铁匠便出现在我们村的街头上。

铁匠们来自章丘县，操着外乡的口音。虽然他们的口音与我们不同，但我们听他们的话和他们听我们的话都不费力。铁匠炉支在老万家院墙外，那儿有一块空场，是第一生产小队的人扎堆等派活的地方。空场上安着一盘石碾子，那碾子整天不闲，吱吱扭扭地响着，碾轧着农家的主食——红薯干儿。墙根处有一棵柳树，树枝上挂着一口铁钟，很小的铸铁钟，这钟发出的声音能把第一生产小队的人随时召唤出来。铁匠炉支在这里是最佳的位置。

三个铁匠，领头的老师傅姓韩，大家都称他老韩；打锤的也姓韩，是老韩的侄儿，大家称他小韩；还有一个拉风箱兼打三锤的是个矮墩墩的胖子，人称他老三，也不知他姓什么。老韩细高，脖子长，脸上皱纹又深又多，秃顶，眼睛果然是永远泪汪汪的。小韩的个头也很高，但比他叔叔魁梧许多。我在创作一篇与打铁有关的小说时，脑子里多次出现过小韩的形象，所以也可以说那篇小说中的人物小铁匠，是以小韩为模特儿的。

实事求是地说，当时的乡村生活在物质上是相当清苦的。但回想起来，那时，我的精神绝对比现在要愉快。吃不饱，穿不暖，较之现在的脑满肠肥衣衫臃肿，似乎活得更有滋味，更有奔头；现在真是完蛋了，成了一个对生活绝望的人，成了一个无病呻吟的废物。回忆过去，既是一桩饶有趣味的工作，也有可能成为治疗脂肪多余症的药方。

那时候我们吃几个热地瓜、啃两块红萝卜咸菜就跑到第一生产小队的发令钟下看三铁匠打铁了。铁匠们早晨晚起，我们看他们打铁多数是在中午，有时晚上也去。那时的中午暖洋洋的，阳光促使我们扒掉棉袄里的棉花，我们变得腿轻脚快。狗在湾子里交配，我们坐在土墙边晒太阳。张老三家那箱蜜蜂忙忙碌碌地采槐花粉酿蜜。张老三的妻子有麻风病，长年躲在家中不露面，很神秘很恐怖。张老三是第一生产小队的饲养员，是个口才极好、出语即逗人捧腹的瘦老头。他的儿子张大力，是我二哥的朋友，身材高大，肤色漆黑，活活一座黑铁塔。我很崇拜他。我想象不出那个麻风女人怎么能生出这样一个力大无穷的儿子。

张大力继承了他父亲出语滑稽的特点，村里大多数的男孩子都愿意跟他去放牛割草，他带领我们偷瓜、摸枣、捉鱼、游泳、打架，还干一些坑害别人的事情。比如在道路上挖陷阱，在棉花地里埋屎雷，去捣乱小学校的教学，把那位留长发的女教师捉出来剥裤子，等等。我父亲曾严厉教训我二哥和我，不许我们和张大力混在一起。我父亲说：你们不怕传染上麻风病，难道不怕跟着他作恶犯法进监狱吗？父亲的话让我们胆寒，但我们还是跟张大力在一起。张大力带我们去割草，总是先给我们"保养机器"——烧麦粒吃，新鲜麦穗，放火上一燎，搓掉糠皮，半生半熟，白汁丰富，味道鲜美，没麦粒吃了就烧玉米吃，烧地瓜吃，烧豆子吃，反正都是生产队的，不吃白不吃，吃饱了省下家里的口粮。实在没什么庄稼可偷吃的季节，就捉蚂蚱烧吃，摸鱼儿烧吃，反正只要跟着张大力下地割草，总能搞点东西安慰安慰我们饥肠辘辘的小肚儿。张大力的腰里永远装着一盒用油纸包着的火柴，有一次他的火柴被水湿了，他就用鞋底搓茅草缨儿取火，烧大毛豆吃。我想我们之所以能比较好地发育成熟，与张大力带领我们大量地野餐有一定的关系。

张大力每天都给我们讲一些故事，有鬼怪，有武侠，有神魔。他讲故事时，有一种让我折服的力量，似乎他讲述的一切都是他亲眼看到的。张大力很愿帮助人，我从小窝囊，有时割的草背不动，压得龇牙咧嘴，张大力就说：不中用，不中用，这点草絮个老鸡窝都不够，我用鸡巴都能给你挑回家去。那些大一点的男孩就故意激他，说：不信不信，大力吹牛！张大力被激得下不了台，就说：小子们，今儿张大爷露一手，开开你们的眼界!说完话,他果真褪下裤子,把那杆黑缨枪拨弄得像钢杵一样,挺着,憋足一口气,把我的草筐挂上去。很遗憾没有成功。他双手攥着叫痛,我们弯着腰笑。他倒了架子不沾肉地说:昨天夜里"跑了马"了,钢火不行了,过几天再挑。那时我搞不清楚所谓"跑马"是怎么一回事,我问张大力:怎么叫"跑马"?张大力笑着说:跑马嘛,就是——我二哥大声咋呼我:胡乱问什么!我说:问问怕什么?张大力说:别问了别问了,过几年你就知道了。

张大力给我讲过一个关于宝刀的故事,给我留下了极其深刻的印象。他说真正的宝刀软得像面条一样,能缠在腰里,像裤腰带一样。他还说宝刀杀人不沾血,吹毛寸断,刀刃浑圆,像韭菜叶子一样。张大力最辉煌的时刻是在那一年的"五一"运动会上。那时我已上了学。我们村里有一所完全小学,学校里有几位体育很棒的老师,年年都举办"五一"运动会,周围村里学校的老师和学生都来参加,竞赛项目很多,有篮球、乒乓球、跑、跳远、跳高。跳高比赛那天,村里人都围在学校的操场上看热闹。张大力也在,他跟我二哥站在一起,不停地起哄捣乱,我二哥那时已经不上学。几个男老师,跳过了一百五十厘米的横竿,就再也跳不高了,张老师冲一次,把竹竿碰飞,人栽到沙坑里;陈老师再冲一次,把竹竿夹在腿间,人栽到沙坑里。李老师说:行啦,到了极限了,破了我校的纪录了。陈老师不服,把竹竿放在一百六十厘米的高度上,说,让我再跳一次。陈老师在那儿舒腰揉腿,一副认真的样子。这时,张大力从人堆里挤出来,迈开大步,撩起长腿,吆喝着:噢哟哟——朝横竿冲过去,在竿前,他胡乱一个翻滚,竟然过了竿,落在沙坑里。跳起来,他拍着屁股上的土,看着那些老师,说:你们白吃了小馒头,还不如我一个吃地瓜的跳得高。围观的村民们哈哈大笑,学生们也笑。我们的老师都很窘,红着脸。我那位班主任张大个,是在县武术队受过训的,平常日子里每天凌晨就早起去河滩上打拳。那时他握着拳逼近张大力,村里人一看形势不妙,几位年老的忙上去拦张老师,并且说:张老师张老师您别跟他个野小子一般见识。张老师双臂往外一撑,便把老人们弄到一边去。我着实替张大力害怕,也替我二哥害怕,因为我二哥就是被张老师给打退了学,此刻他又站在张大力身边,俨然一个同党模样。张大力好像有些紧张,脸皮紫红,张老师一拳打在他胸上,他低下头,哼了一声。没容张老师打出第二拳,张大力便一个黑狗钻裆,把张老师拱起来,转了一圈,从肩上往后摔去。张老师仰面朝天跌在地上，看样子跌得不轻。村里人围上去，把张大力拉走了。这件事轰动了整个村子，张大力在村人中有了很大的威信，从此他便进入了壮劳力的行列，再也不与我们这些小孩子们结堆了。但我对他的崇拜和友谊与日俱增，现在亦是。张大力还有很多事可以写进小说，譬如他当生产队小队长的趣事，他结婚后的趣事，等等。

我们坐在第一生产小队的铁钟下，一边看铁匠打铁一边听张老三讲故事。我记得有一天张老三说老万家的老婆吝啬，竟当着她的面说，你们家的粪都要在水里淘几遍，看有没米粒什么的。老万家老婆骂：张老三，你不得好死。张老三说：我死了你不是没人戳了吗。张老三说，现如今的人都没劲了，几十年前，他亲眼看到一个人，把一个几百斤重的碾砣子扛到树杈上去放着。那时一队队长是齉鼻子王科，自己说当过志愿军的，动不动就解下皮带抽人，有一次抽二兰，因为二兰偷了队里的萝卜。孙家姑妈捣着小脚，直逼到王科前面，说：王队长，小心着点，别闪了手脖子。

还是说铁匠们吧。炉火熊熊，老三和小韩都光背，胸前挂一块油布遮胸裙，裙子有密密麻麻的被铁屑烫出来的黑色小洞眼。老三和小韩胳膊上的肉都是一条一条的，看上去就有劲。老韩穿一件老粗布的黑褂子，腰背佝偻，还时不时地咳嗽。麦子眼见就熟了，农民们送来锻打的多数是镰刀，也有锄，也有锨。有新打的，那要自己从家里拿铁，有在旧器的基础上翻新的，也要拿铁来。我记得只有一次，村里有位老人来给旧斧头加钢，老韩拿出一块青色的铁来，说，老哥哥，我把这块百炼钢给你加上，让你使把快斧。张老三跟保管员要了一些铁，送来，让铁匠给打一把两头带把儿的切豆饼用刀。豆饼要切成条状，好泡，用豆饼水饮马饮骡子上膘。圆圆的豆饼夹在双腿间，双手攥着刀把，哧哧地往下切。

晚上看打铁，比白天有意思。通红的炉火映着铁匠们的脸，像庙里的金面神一样。老韩掌着钳，不断翻动着炉上铁，那些铁烧软烧白，灼目的光亮使煤火相比变红。老三拉风箱，呼嗒呼嗒响。铁烧透了，老韩提出来，放在砧子上，先用小锤敲敲，那些青色的铁屑爆起，小韩早就挂着十八磅的大铁锤等候在一边了，那柄大锤我用手提过，真沉。锤把子却是用柔软的木头做的，一抡起来颤颤悠悠，抡这样的软把子锤要好技术。小韩得到他叔的信号，便叉开双腿，抡起大锤，往铁上招呼。他打的是过顶锤，用大臂的力量，锤锤都带着风声，打在铁上，不太响亮，但那铁却像面团儿一样伸长,变扁。小韩打锤,得心应手,似乎闭着眼也能打,叮叮当当的,有些惊心动魄的味道。打铁先要自身硬,铁匠活儿累极,但铁匠们却很少出汗,通古博今的张老三说:流汗的铁匠不是好铁匠。老三有时候也扔掉风箱把子掺进去打几锤,但身手一般,尤其是跟小韩比较起来。

淬火时挺神秘,我在《透明的红萝卜》里写过淬火,评论家李陀说他搞过半辈子热处理,说我小说里关于淬火的描写纯属胡写。我写淬火时水的温度很重要,小铁匠为了偷艺把手伸进师傅调出来的水里,被师傅用烧红的铁砧子烫了手,从此小铁匠便出了师,老铁匠便卷了铺盖。根本没有那么玄乎,李陀说。张老三给我们讲的更玄,他说从前有个中国小铁匠跟着一位日本老铁匠学打指挥刀,就差淬火一道关口,打出来的刀总不如日本师傅打出来的锋利。有一次日本师傅淬火,中国小铁匠把手伸到桶里试水温,那个老日本鬼子一挥刀,就把中国小铁匠的手砍落在水桶里。我把这个故事跟李陀说,李陀说那是民间传说。

淬火时水温很盛,嗞嗞啦啦地响。如果是打菜刀,淬完火后要在石头上磨出白刃。磨石的活儿也是由小韩来做。那么大一块长条石,放在一条粗壮的木凳子上,刀用木夹子固定住，小韩便拉开马步，俯下腰，只手撩水上石，然后，嚓——嚓——嚓——一会儿工夫就把那刀磨得锃亮。有人问：快了没有？小韩不说话，找一根手腕粗的木棍子，往凳子上一放，挥臂劈一刀，木棍子两断。你说快不快？小韩反问。据我爷爷说他们打出的刀并不太利，钢火一般，刀断木棍，是因为小韩力大。

那一天，我们看到，小韩在铁匠炉边和面做窝窝头儿，面是玉米面。小韩打铁行，做窝窝头不行，那只大手把一碗面摆成牛粪饼模样，贴在一只圆底子黑铁锅里。他们每天吃两顿饭，三个人，一顿要吃五斤干面的窝窝头，饭量很大。有时候，他们也买几斤大肥肉膘子熬着吃，红红白白的肉，被黑的煤一烧，显得出格的娇嫩，肉味儿香极了，勾得我嗓子眼里往外伸小手儿。二兰曾说过，等长大了一定要嫁个铁匠，吃黄金塔，就大肥肉。我们说你姑妈不是唱：嫁什么人也不要嫁个铁匠吗？二兰说，唱归唱，嫁归嫁。

有一段时间孙家大兰二兰看铁匠打铁入了迷，我和二姐不去时她们也去。后来我听大兰说，是孙家姑妈让她们去看的，看看那些铁匠手艺怎么样。大兰和二兰回来就夸铁匠们的窝窝头格外好吃。二兰跟人家讨要窝窝头吃，周围的人说这个小嫚真馋。小韩却宽厚地笑着，把一个烫手的大窝窝头用一张葵花叶垫着,送到二兰的手里。二兰还跟我们说:小韩胸脯上还有黑毛呢。说完了还哧哧地笑。

四月初八那天,好玩的事发生了。那天是个集,集就在我们街上赶,人很多,铁匠炉周围自然空前热闹。

孙家姑妈弓着腰来了,她穿一件浆洗得很白的斜襟褂子,白头发梳得顺溜,脑后的小髻上,插一朵紫色的马兰花,既像个老妖精,又像个老神婆。人们都看着她笑。她不笑,脸板着,严肃着呢。三个兰跟在她身后,都穿着新衣服,像三个护兵一样。张老三说孙家大嫂子,今日是怎么啦?中了邪了还是着了魔?我说大兰二兰三兰,你们干什么?她们都不理我。三兰既哑又聋,不理我可以;二兰跟我不睦,不理我也行;可你大兰为什么不理我?头天晚上我还给你一块糖吃,你还让我摸了摸你的屁股呢。我很生气。

走到炉前,铁匠们都停了手中活,没风鼓动的煤火上,火苗子软了,黑烟多了,好像要拆炉散伙的样子。

孙家姑妈冷冷地问:"师傅,能打把刀吗?"

老韩问:"您要打什么刀?"

孙家姑妈从怀里摸出一条四棱的银灰色铁,递过去。老韩接了,翻来覆去地端详着,脸色阴沉着又问:

"您要打一把什么刀?"

孙家姑妈从腰里抽出一柄银亮的刀,像抽出一束丝帛,递给老韩。老韩不敢接刀,用双手捧了那块银灰色铁,恭恭敬敬地送到孙家姑妈面前,弯腰点首地说:

"老人家,俺是些粗拉铁匠,打打锨镢二齿钩子,混几口窝窝头吃罢了,请您老高抬贵手。"

孙家姑妈把刀弯起,缠到腰里,又伸手接了铁,揣回怀里,说:"好铁匠都死净了吗?"

说完话,便转身走了,三个兰跟着。

孙家姑妈腰背弯曲,小脚两只,走起路来摇摇晃晃,一阵风就能吹倒似的。倒是她那三个孙女,在那天的阳光里,像三枝兰花一样,高挺着枝叶,散发着幽香。

铁匠们当天晚上便卷铺盖走了,再也没回来过。

几年后,孙家姑妈死了,三个兰也嫁了人。哑巴三兰嫁给了张大力,岁数相差不少。那把柔软的刀也不知下落。张老三说那是一柄缅刀,杀人不见血,吹毛寸断,一般铁匠如何打得出?我听说,那把刀成了三兰的嫁妆,带过去,宝贝一样藏了几年,后来就拿出来,放在厨房里使用,有时剁肉,有时切菜。据三兰和张大力生的儿子说，那刀尽管锋利，但太轻太软，使唤起来，还不如两块钱一把的菜刀顺手。

（一九九二年）

儿子的敌人

一

黎明时分，震耳欲聋的连串巨响把正在噩梦中挣扎的孙寡妇惊醒了。她折身坐起来，心里怦怦乱跳，头上冷汗涔涔。窗外，爆炸的强光像闪电抖动，气浪震荡窗纸，发出簌簌的声响。她披衣下床，穿上蒲草鞋，走到院子里。没有风，但寒气凛冽，直沁骨髓。她抬头看天时，有一些细小冰凉的东西落在了脸上。下雪了，她想，大慈大悲的观世音菩萨，保佑我的儿子平安吧。

攻打县城的战役在村子西南二十里外进行，大炮的阵地设在村子东北十五里的河滩柳树林里。炮弹出膛的红光与炮弹爆炸的蓝光在东北和西南方向遥相呼应，尖利的呼啸把它们联结在一起。三天前，民兵队长带着人来把院门和房门借走了，说是绑担架要用。他们噼里喀啦地卸门板时，她的心情很平静，脸上没有难看的表情，但民兵队长却说：大婶，您是烈属，又是军属，卸您家的门板，我知道您不高兴，但实在是没有办法，我们村要出五十副担架呢。她想表白一下说自己没有不高兴，但话到唇边又压了下去。此刻，在抖动不止的强光映照下，被卸了门板的门口，就像没了牙的大嘴，断断续续地在她的眼前黑洞洞地张开。她感到浑身发冷，残缺不全的牙齿在口腔里各尽所能地碰撞着。她将左手掖在衣襟下，用右手的肥大袖筒罩着嘴巴，在院子里急急忙忙地转着圈子，脚下的草鞋擦着地面，发出踢踢踏踏的声音。每一声爆炸过后，她都感到心头剧痛，并不由自主地发出长长的呻吟。从敞开的大门洞里，她看到被炮火照亮的大街上空无一人，十几只黄鼠狼拖着火炬般的肥大尾巴在街上蹦蹦跳跳，宛如梦中景物。邻居家那个刚刚满月的孩子发出了一声嘶哑的哭嚎，但马上就没了声息，她知道是孩子的母亲用乳房堵住了孩子的嘴。

　　她有两个儿子，大儿子孙大林前年冬天死在打麻湾的战斗中。那次战斗也是黎明前发起的，先是从东南方向传来了一声惊天动地的巨响，震荡得房子摇晃，窗纸破裂，然后就是爆豆般的枪声。当时她与现在一样，也是把左手掖在衣襟下,用右手的袖筒罩着嘴,在院子里一边呻吟一边急急忙忙地转圈子,好像一头在磨道里被鞭子赶着的老驴。她的小儿子小林披着棉袄、赤着双腿从屋子里跳出来,眺望着东南方被火光映红了的天空,兴奋地嚷叫着:打起来了吗?打起来了,好极了,终于打起来了!她用长长的像哭泣一样的腔调说:你这个不懂事的孩子啊,打起来有什么好?你哥在里边呐!小林今年十九岁,是个号兵,此刻他正在攻城的队伍里。从大儿子当了兵那年开始,只要听到枪炮声,她就心痛、呻吟、打嗝不止,只有跪在观音菩萨的瓷像前高声念佛,这些症状才能暂时得到控制。

她进了屋子,点着豆油灯盏,找出一束珍藏的线香,引燃三炷,插进香炉里。如豆的灯火颤抖不止,房梁上的灰挂飘飘摇摇地落下来,三缕青烟变幻多端,屋子里扩散开浓郁的香气。她跪在菩萨瓷像前的蒲团上,看到蓝色的闪光中,低眉顺目的菩萨脸庞宛若一枚绿色的光滑贝壳。她仿佛听到菩萨在轻轻地叹息。她闭着眼睛,大声地念着:南无观世音菩萨,南无观世音菩萨……她的嗓音颤抖,尾声拖得很长,听起来像哭诉。念着佛号,她渐渐忘记了自己的身体,炮声不再进入她的耳朵,打嗝也止住了。但此时她的脑海里出现了大儿子血肉模糊的脸。她极力想忘掉这张其实并没有看见过的脸，但它却像浮力强大的漂木一样，固执地浮现在她的脑海里。麻湾战斗结束后，在村长的陪同下，她与小林一起赶到了东南方向的一个小村子里，一位用绷带吊着胳膊的军人，将她带到了一片新坟前。受伤的军人指指一座新坟前的写着黑字的白木牌子，说：就是这里了。她感到脑子里突然变得迷糊起来，木木地想着：大林怎么会埋在这里呢？心里想着，嘴里就说了出来：大林怎么会埋在这里呢？受伤的军人用那只好手握着她的手说：大娘，您的儿子非常勇敢，他用炸药炸开了敌人的围墙，开辟了通往胜利的道路。听了军人的话，她还是有点迷糊，茫然地问着：你说大林死了？军人沉重地点了点头。她感到好像有人在身后猛推了自己一把，糊糊涂涂地就趴在了眼前的新坟上。她并没感到有多么难过，只是喉咙里甜甜咸咸的，像喝了一口蜜之后，接着又吞了一口盐。她甚至还亲切地嗅到了新鲜黄土的醉人的气味。只是当村长和受伤的军人将她从新坟上拉起来时，她才嘤嘤地、像个小姑娘似的哭起来……大林的脸像鱼儿似的沉了下去，小林的面孔紧接着浮现出来。这孩子有张生动的娃娃脸，面皮白净，口唇鲜红，双目晶亮，两道弯眉就像用炭画上去的。大林死了，小林成了独子。她原以为独子可以不当兵，但村长杜大爷让他去当。她跪在了村长面前，说：他大爷，开开恩吧，给我们老孙家留个种吧。村长说：孙马氏，你这话是怎么说的？现如今谁家还有两个三个的儿子预备着？我家也只剩下一个儿子，不是也当兵去了吗？她还想说什么，但小林把她拉起来，说：娘，行了，当就当吧，人家能去，咱们为什么就不能去？村长说：还是年轻人思想开通……

三天前小林回来过一次，说是连长知道他是本地人，特批给他一天假。她看到当兵不满一年的小儿子蹿出了半个头，嘴唇上那些茸毛胡子变黑了也变粗了，但还是那样一张笑盈盈的脸，生动活泼，像个没心没肺的大孩子。她的心中充满了欣喜，目光就像焊在了儿子脸上似的，弄得他不好意思起来，说：娘你别这样看我好不好？她的眼泪哗哗地就流了出来。他说：你哭什么？我这不是好好的吗？她抬起手背擦着眼，笑了，说：我是高兴呢，这次回来就不走了吧？儿子说：下午就走，连长给了一天假。她的眼泪又冒了出来。儿子不耐烦地说：娘，你怎么又哭了？她问儿子在队伍上能不能吃饱，儿子说：娘，你好糊涂，难道你没听说过"旱不死的大葱，饿不死的大兵"！她问儿子吃得好不好，他说：

有时吃得好，有时吃得不好，但总起来说比在家里吃得好，你没发现我胖了，高了？她伸手想去摸摸儿子的头顶，但儿子像一匹欺生的儿马蛋子一样往后退了一步。接着她问儿子，当官的打不打人，儿子说：不打人，有时候骂人，但不打人。她还有许多问题想问，儿子却问起了小桃。她说小桃挺好的。他说娘我去看看小桃，然后撒腿就跑了。

小桃是宋铁匠家的老闺女，黑黑的面皮，乍一看不怎么地，但这闺女耐看，越看越俊。小桃跟小林从小就要好，还扎着小抓髻时，大人们问她：小桃小桃，长大了给谁当媳妇？她说：小林！儿子进了家门说了没有三句话就急着去看小桃，多少让她有点心酸，但她的心很快就被幸福充满了。人哪，谁没从年轻时过呀？亲爹亲娘，那是另外一种亲法，与姑娘小伙子的亲不是一回事。她看到儿子斜背着一把黄铜色的军号，号把子上拴着一条红绸子，很是鲜艳。儿子穿着一套灰色的棉衣，腰里扎着一根棕色的牛皮带，走起路来大步流星，如果单从后边看，倒像个大人物了。她将埋在杏树下的一小罐白面刨出来，去邻居家借了三个鸡蛋、一小碗油，从园子里掘了一把冻得硬邦邦的葱，就忙碌着给儿子做葱花鸡蛋油饼。

半下午时儿子才回来。他的脸上蒙上了一层尘土，但眼睛却像火炭一样闪闪发光。她没有多问，就赶紧把热了好多遍的油饼从锅里端出来，催着儿子吃。儿子有些歉意，对着她笑了笑，然后就狼吞虎咽起来。她目不转睛地看着儿子，不时地把盛水的碗往他面前推推，提醒他喝水，以免噎着。转眼间儿子就把两张像荷叶那般大的油饼吃了下去，然后端起水碗，仰起头来喝水。她听到水从儿子的咽喉里往下流淌，咕嘟咕嘟地响着，就像小牛喝水时发出的声音。儿子喝完了水，用手背擦擦嘴巴，说实在对不起，娘，连长让我回家帮您干点活，可是我忘了。她说没有什么活要你干。他说娘我该走了，等打完了县城我就回来看你。他突然发现自己说漏了嘴，忙说，娘，这是军事秘密，您千万别对人说，我连小桃都没告诉。她忧心忡忡地说：怎么又要打仗？话未说完，眼泪就流了出来。他说娘您就放心吧，我会照顾自己的。我们连长说过，越怕死越死，越不怕死越死不了。上了战场，子弹专找怕死鬼！她什么话也说不出来，只是一个劲地用衣袖擦眼泪。儿子吭吭哧哧地说，本来想给您买顶帽子，但我的津贴让老洪借去买烟了，等打完了仗，他说，我一定攒钱给您买顶帽子，我看到房东家一个老太太戴着一顶呢绒帽子，暖和极了。她只是擦眼泪,说不出话来。儿子说,我走了,我跟小桃说好了,让她常过来看看,娘,您觉着她怎么样?让她给您做儿媳妇行不行?她点点头,说,是个好孩子。儿子说,娘,我走了,我还要赶三十里路呢!她急忙把锅里剩下的两张饼用包袱包起来,想让儿子带走,但等她把饼包好时,儿子已经走到了大街上。她拐着小脚跑出去,喊叫着:小林,带上饼!儿子回过头来,一边倒退行走着,一边大声地喊着:娘,您留着自己吃吧!娘,回去吧!娘,放心吧!她看到儿子把手高高地举起来,对着她挥动。她也举起了手,对着儿子挥动着。她看到儿子转回了头,好像要逃避什么似的,飞快地跑起来。她追了几步,便站住了。她的心痛得好像让牛用角猛顶了一下,连喘气都感到困难了。

    黎明前那阵黑暗过去了,她在院子里,转着圈子打嗝、呻吟。往常里只要跪在菩萨像前就可以心安神宁,但今天她无论如何也跪不住了,只好跑到院子里转圈。大炮的声音不知什么时候停止了,从西南方向,传来了一阵阵刮风般的枪声,枪声里似乎还夹杂着人的呐喊,而军号的声音似乎漂浮在枪声和人声之上。她知道,只要有号声,就说明自己的儿子还活着。小雪还在飘飘地下落,地上积了薄薄的一层,她的草鞋在雪地上留下了一大圈凌乱的痕迹。她嗅到尖利的东北风送来了浓浓的硝烟气味,这气味让她想起了儿子走后自己去柳树林子里找他的情景。她听村子里那些来征集门板的民兵说,村子东北方向的柳树林子里有部队。她将儿子吃剩下的葱花鸡蛋油饼揣在怀里,走了半上午,找到了那里。她看到灰蒙蒙的柳树林子里,有几十门大炮高高地伸着脖子,一群小兵蚂蚁般地忙碌着。没等走到柳林边上哨兵就把她挡住了。她说想见见儿子。哨兵问她儿子是谁?她说儿子叫孙小林。哨兵说我们这里没有个孙小林。她说让我过去看看,我儿子在哪里我一眼就能认出来。哨兵不让她过去,她说,你这孩子怎么这样呢?要是你的娘来看你,你也不放她过去吗?哨兵让她问得一时语塞,这时一个帽子上插满柳枝的黑大汉走过来,问:大娘您有什么事?她说找儿子,找孙小林,她说我儿子是个吹号的,个子高高的,脸很白。黑大汉说,大娘,我们团里没有叫这个名的,我是团长,不会骗您,您的儿子,很可能在围城的步兵部队里。如果您想找,就到那里去找吧,不过,团长说,您最好别去,大战当前,部队忙得很,您去了也不一定能见到他。眼泪从她的眼睛里流出来。团长说:大娘,放心吧,我们现在有了大炮,跟打麻湾时不一样了。那时候攻城,步兵死得多,有了大炮之后，步兵发起冲锋前，我们的大炮先把敌人打懵了，步兵冲上去抓俘虏就行了。团长的话让她感到很欣慰，也很感激，她将手里的包袱递给团长，说：团长，我听你的，不去给小林添麻烦了，这是他没吃完的饼，您要不嫌弃，就拿回去吃了吧。团长说：大娘，您的一片心意我领了，但这饼您还是拿回去自己吃吧。她说：您还是嫌脏。团长慌忙说：大娘，您千万别误会，我们有军粮，怎么好意思吃您的口粮？她怔怔地盯着团长的脸，团长接过包袱，说：大娘，好吧，我拿回去，谢谢您老人家。

西南方向响了一阵枪，但很快就沉寂了。她又跪在菩萨面前，磕头，念佛，祷告。她相信那个炮兵团长的话，心里确凿地认为，儿子的队伍，已经攻进了城市，战斗已经结束了。但大炮又一次响起来，她跑到院子里，看到许多炮弹在空中就像黑老鸹一样来来回回地飞翔着。有一颗炮弹落在了村子中央，发出一声惊人的巨响，她的耳朵就像进了水一样嗡嗡着，过了好大一会儿才听到声音。她看到一根灰色的烟柱从村子里升起来，一直升到了比树梢还要高的地方，才慢慢地飘散。她听到村子里响起了女人的哭声，男人的喊叫声，还有杂沓的脚步声，好像有许多人在大街上奔跑。她嗅到早晨的空气里弥漫着浓浓的火药味，比大年夜里村子里所有人家一起放鞭炮时的气味还要浓。就在大炮轰鸣的间隙里，枪声、呐喊声、军号声，又像潮水一样，从西南方向漫过来。听到军号声，她知道自己的儿子还活着。她回到屋子里，给菩萨上香，然后磕头、念佛、祷告。就这样她在院子和屋子里出出进进，不渴也不饿，脑子里乱哄哄的，耳朵里更乱，好像装进去了一窝蜜蜂。

中午时分，又一阵激烈的枪声响过，但这一次她没有听到军号声。她感到裤子里一阵发热，过了一会儿她明白自己尿了裤子。一群黑色的乌鸦从她的头顶上怪叫着飞了过去，一个不祥的念头占据了她的心灵。她手扶着门框子，浑身打着哆嗦。她知道自己的儿子死了，军号不响，就说明儿子已经死了。她晃晃荡荡地出了家门，走到胡同里。她感觉不到自己的双腿了，但她知道自己正在向前走。她走到大街上，看到一匹黑马从西边飞奔过来。马上骑着一个人，身体前倾着，黑色的脸就像一块生硬的铁，闪烁着刺目的蓝光。黑马像一股旋风从她的面前冲了过去。她的心里有些迷惑，迷茫地盯了一会儿马蹄腾起来的黄尘，然后继续往前走。街上出现了一些穿灰色军衣的兵，她知道他们是和儿子一伙的。他们的脸都紧绷着，一个个脚步风快，谁也顾不上跟她说话。她还看到从那间临街的碾屋里，拉出了几十根电线，有很多人在里边大声地喊叫着，好像吵架一样。一个穿着黑色棉袄、腰里扎着一根白布带子的男人弓着腰迎面过来。她感到这个人似曾相识，但一时又记不起他是谁。那人拦在她的面前，大声问：你到哪里去？这人的声音也很耳熟，但她同样记不起这是谁的声音。那人又问：您要去哪？她哭着说：我去看看我儿子，军号不响了，我儿子死了……那人伸手拉住她的袖子，往路边的屋子里拖着她。她努力地挣扎着，说：放我走，我去看看小林，大林死时我就没看到他，这次说什么也要看看小林……她放声大哭起来，我的儿子，我的小林，我的可怜的小林……在她的哭声里，那个既熟悉又陌生的男人松开了拉住她的衣袖的手，用同情的目光看着她。他的眼睛里有一些闪烁不止的光芒，似乎是泪水。她摆脱了男人，对着西南方向跑去。她感到自己在奔跑，用最快的速度。没等她跑出村子，络绎不绝的担架队就挡住了她的去路。

她看到第一副担架上抬着一个脑袋上缠满白布的伤兵，他静静地仰面躺着，身体随着担架的起伏而微微抖动。她感到心中一震，脑子里一片白光闪烁。小林，我的儿子……她大声哀号着扑到担架前，抓住了伤兵的手。在她的冲击下,前头那个抬担架的小伙子腿一软跪在了地上。担架上的伤兵顺下去,庞大的、缠着白布的脑袋顶在了前头那个小伙子背上。这时,一个腰扎皮带、斜背挎包、乌黑的头发从军帽里漏出来的女卫生员,从后边匆匆跑上来,大声批评着:怎么搞的?当她弄明白担架夫跪倒的原因后,就转过来拉着她的胳膊说:大娘,赶快闪开,时间就是生命,您懂不懂?

她继续哀号着:我的儿啊,你死了娘可怎么活啊……但她的哭声很快停止了,她看到伤兵的手上有一条长长的刀疤,而自己的儿子手上没有疤。卫生员拉着她的胳膊把她从担架上拖开,然后对着担架队挥一下手,说:赶快走!

她站在路边,看着一副副担架小跑着从面前滑过去,担架上的伤兵有的呻吟,有的哭叫,也有的一声不吭,好像失去了生命。她看到一个年轻的伤兵不断地将身体从担架上折起来,嘴里大声喊叫着:娘啊,我的腿呢?我的腿呢?她看到伤兵的一条腿没有了,黑色的血从断腿的茬子上一股股地蹿出来。伤兵的脸白得像纸一样。他的挣扎使前后抬担架的民夫身体晃动,担架悠悠晃晃,就像秋千板儿,前后撞击着民夫的腿弯子和膝盖。

担架队漫长得像一条河,好像永远也过不完,但终于过完了。她铁了心地认为小林就在其中的某副担架上。她哭嚎着,跟着担架队往前跑。一路上跌跌撞撞,不断地跌跤,但一股巨大的力量使她跌倒后马上就能爬起来,继续追赶上去。

担架队停在了高财主家的打谷场上,场子中央搭起了一个高大的席棚,担架还没落地,就有七八个胸前带着白色遮布的人从席棚里冲出来。放下了担架的民夫们闪到一边,有的坐着,有的站着,不管是站着的还是坐着的都张开大口喘粗气。那些医生冲到担架前,弯下腰观看着。她也跟随着冲过去,大声哭喊着儿子的名字。一个戴眼镜的男医生瞪了她一眼,哑着嗓子对那女卫生员说:小唐,把她弄到一边去。卫生员上来,拉住她的胳膊,粗声粗气地说:大娘,行了,如果您想让您的儿子活,就不要在这里添乱了!

卫生员把她拉到一边,按着她的肩头,让她坐在一个半截埋在土里的石碌子上,像哄小孩子似的说:不哭不哭,不许哭了!

她把哭声强压下去,感到悲哀像气体一样,鼓得胸膛疼痛难忍。她停止了哭叫,就听到了伤兵们的呻吟和哭叫。伤兵们一个个地被抬进席棚,她听到一个伤兵在席棚里大叫着：不要锯我的腿，留下我的腿吧……求求你们，留下我的腿吧……

做完了手术的伤兵陆续从席棚里抬出来，放在场院中央，她逐个地观看着，心里满怀着希望，不断地念叨着：小林啊，我的小林……她既想看到儿子，又怕看到儿子。这个下午在她的感觉里，漫长得像一年，又短暂得像一瞬。伤兵一批批送来，几乎摆满了整个的场院。她在伤兵之间走来走去，那个姓唐的女卫生员好几次想把她拉走，都没有成功。黄昏时刻，做完了手术的伤兵大部分抬走了，那些神情疲惫、胸前血迹斑斑的医生和嗓音嘶哑的女卫生兵小唐也随着担架走了。留在场院里的，除了几个看守的民夫，便是死去的士兵。天依然阴沉着，但西边的天脚上出现了一片杏黄的暖色。零星的枪响如同秋后的寒蝉声凄凉悲切，拖着长长的尾巴滑过天际，然后便如丝如缕地消失在黄昏的寂静中。还是没有风，轻薄的雪片在空中结成团簇，宛如毛茸茸的柳絮，降落在死者的脸上。她一遍遍地看着那些死人，从一具尸体前挪到另一具尸体前。为了看得更加真切，她用颤抖的手，小心翼翼地拂去他们脸上的雪花。她感到自己手上那些粗糙的老皮，摩擦着那些年轻的面皮，就像摩擦着绸缎。有时候她发现一个与儿子有点相似的面孔，心便猛地撮起来，接着便怦怦狂跳。她没有发现自己的儿子，但她总怀疑儿子就在死人堆里，是自己粗心大意把儿子漏掉了。后来，村长和几个民兵架着她的胳膊，提着马灯，把她送回了家。一路上她像个撒泼的女孩，身体往下打着坠儿，嘴里大声喊叫着：放开我，放开我，你们这些坏种，放开我，我要去找我的儿子……村长把嘴巴贴在她的耳朵上说：大婶子，你家小林没受伤，更没牺牲，您就放了这颗心吧。村长吩咐民兵硬把她抬到了炕上，然后大声说：睡觉吧，老婶子，小林没死，这一仗打下来，最次不济也得升个排长，你就等着享福吧！

她嗳嚅着：不，你们骗我，骗我，我家小林死了，小林，我的儿，你死了，你哥也死了，娘也要死了……

她还想下炕到场院里去找儿子，但双腿像两根死木头不听指挥，于是她迷迷糊糊地闭上了眼睛。

二

她刚刚闭上眼睛，就听到胡同里一阵喧哗。一个清脆的声音问讯着：

"这里是孙小林的家吗？"

她大声答应着坐起来。然后她感到腿轻脚快,就像一团云从炕上飘下去,随即就站在了被卸去门板的大门口。她感到自己的身体一点重量也没有,地面像水,总想使她升腾起来,只有用力把住门框,才能克服这巨大的浮力。胡同里一片红光,好像不远处燃起了一把冲天大火。她心中充满了惊讶,迷惑了好大一会儿,才弄明白,原来并没有起火,而是太阳出来了。阳光照在邻居家的土墙上,一只火红的大公鸡,端正地站在墙头上,伸展脖子,看样子是在努力啼鸣,但奇怪的是一点声音也不发出,公鸡啼鸣的雄姿,就变得像吞了一个难以下咽但又吐不出来的毒虫一样难看。土墙下大约有二指厚的积雪,白得刺目,雪上插着一枝梅,枝上缀着十几朵花,红得宛如鲜血。有一条黑狗从远处慢慢地走过来,身后留下一串梅花状的脚印。黑狗走到梅花前便不走了,坐下,盯着花朵,默然不动,如同一条铁狗。她看到,那个昨天在场院里见过的女卫生兵手里提着一盏放射出黄色光芒的马灯,身上背着一个棕色的牛皮挎包,挎包的带子上拴着一个伤痕累累的搪瓷缸子,还有一条洁白的毛巾。她带领着一副担架从胡同口儿走了过来,清脆的声音就是从她的口里发出来的:"这里是孙小林家吗?"

她说是的，这里是孙小林家。她的心里有很多怀疑，这个女子，昨天晚上还是一副嘶哑的嗓子，好像破锣一样，怎么一夜工夫就变得如此清脆了呢？接着她就听到了墙头上的公鸡发出了撕肝裂胆般的叫声，公鸡也就趾高气扬，充满了英雄气概。随即她还听到了墙根上的狗叫和邻居孩子沙哑的哭声。从听到了公鸡啼叫的那一刻，她感到那股要把自己的身体飘浮起来的力量突然消失了，取而代之的是她感到自己的身体沉重无比，仿佛随时都会沉到地下去。刚才只有把住门框才能不漂起来，现在是不把住门框就要沉下去了。随着担架的步步逼近，她的身体越来越沉重，脚下俨然是一个无底的黑洞，身体已经悬空挂起，只要一松手，就会像石头似的一落千丈。她双手把住门框，大声地哭叫着，企望着能有人来援手相救，但卫生员和两个民夫都袖着手站在一旁，对她的喊叫和哀求置若罔闻。她感到手指一阵阵地酸麻，逐渐变得僵硬，最后一点力气也没有了。然后她就感到身体飞快地坠落下去，终于落到了底，并且发出了一声沉闷的巨响，身体周围还有大量的泥土飞溅起来。她在坑底仰面朝天躺着，看到一盏昏黄的马灯探下来，在马灯的照耀下，出现了女卫生兵的涂了金粉一样的辉煌的脸。那张脸上的表情慈祥无比，与观音菩萨的脸极其相似，感动得她鼻子发酸，几乎就要像一个小孩子似的放声大哭。随即有一条黄色的绳子伸伸缩缩地顺下来，绳子的头上，有一个三角形的疙瘩，很像毒蛇的头颅。她听到一个声音在上边大喊：

"孙马氏，抓住绳子！"

她顺从地抓住了绳子。绳子软得像丝棉一样，抓在手里几乎没有感觉，好像抓着虚无。同时她也感到自己的身体很轻，像一个纸灯笼的壳子，随着绳子，悠悠晃晃地升了上去。

女卫生兵身体笔挺地站在她的面前，脸上的表情十分严肃，与刚才看到的菩萨面庞判若两人。两个身穿青衣的民夫抬着担架站在她的身后，两张脸皮宛如青色的瓦片。她看到绑成担架的门板，正是自家的门板。门板的边缘上刻着两个字，那是小林当兵前用小刀子刻上的。她不认字，但知道那两个字是"小桃"。门板上放着一个用米黄色的苇席卷成的圆筒，为了防止席筒滚下来，中间还用绳子捆了一道，与门板捆在一起。一种不祥的预感笼罩在她的心头，但这时她的心还算平静，等了一会儿，那个女卫生兵从怀里将一把金黄色的铜号摸出来时，她知道，最可怕的事情已经发生了。女卫生兵将那把黄铜的军号递到她的手里，严肃地说：

"孙大娘,我不得不告诉您一个不幸的消息,您的儿子孙小林,在攻打县城的战斗中,光荣地牺牲了。"

她感到那把军号就像一块烧红了的热铁,烫得手疼痛难忍,并且还发出了嗞嗞啦啦的声响。她感到自己的双腿就像火中的蜡烛一样熔化了,然后就不由自主地坐在了地上。她把烫人的铜号紧紧地搂在怀里,就像搂住了吃奶的婴儿。她嗅到了从号筒子里散发出的儿子的独特的气味。女卫生员弯下腰,伸出手,看样子是想把她从地上拉起来。她紧紧地搂着铜号,屁股往后移动着,嘴里还发出一些古怪的声音。女卫生员无奈地摇摇头,低声说:

"孙大娘,您节哀吧,我们的心里与您同样难过,但要打仗就要有牺牲,死人的事是经常发生的。"

女卫生员对着那两个民夫挥了挥手,他们心领神会地将担架抬起来,小心翼翼地往院子里走去。他们抬着担架从她的面前走过时,她嗅到了儿子身体的气味从席筒里汹涌地洋溢出来。她被儿子的气味包围着,心里产生了一种暖洋洋的感觉。抬担架的两个民夫个子都不高,担架绳子又拴得太长,过门槛时,尽管他们用力将脚尖踮起来,门板还是摩擦着门槛,发出了干涩锐利的声响。民夫将担架抬到院子当中,急不可耐地扔到地上。担架发出一声闷响，心痛得她几乎跌倒。女卫生员恼怒地批评他们：你们怎么敢这样？那两个民夫也不说话，蹲到墙根下抽起旱烟来。温暖的阳光照耀着他们黑色的棉衣和黑色的脸膛，焕发出一圈死气沉沉的紫色光芒，光芒很短促，像牛身上的绒毛。青色烟雾从他们的嘴巴和鼻孔里喷出来，院子里添了烟草的辛辣气，部分地掩盖了儿子的气味和雪下泥土的腥气。女卫生员站在她的面前，用听起来有几分厌烦的口吻说：

"孙大娘，您的儿子牺牲在冲锋的队列里，他的死是光荣的，你生养了这样的儿子应该感到骄傲。我们还很忙，我们遵照着首长的指示，要把牺牲了的本地籍战士送回各家去，您儿子是我们送的第一个人，还有几十具尸体等着我们去送，所以，我请求您赶快验收，腾出担架，我们好去送别人的儿子回家。"

她尽管心如刀绞，但还没到丧失理智的程度。她觉得女卫生员的说辞通情达理，没有理由不听从。于是她就站了起来，往担架边走去。这时，她听到一个女人的像高歌样的哭声在大街上响起来。哭声进了胡同，越来越近，转眼间就到了大门外。她擦擦眼睛，看到那个用一条白色的手绢捂着嘴巴、跌跌撞撞哭了来的女人是铁匠的女儿宋小桃。小桃身披重孝，腰里扎着一根麻辫子，头上顶着一块折叠成三角形的白布，手里拖着一根新鲜的柳木棍子。按说没过门的媳妇是不应该戴这样的重孝的，但她戴了这样的重孝，可见对小林的感情之深。她心中十分感动，随着小桃大放悲声。

小桃走到担架前，一屁股坐下，双手拍打着地面，哭喊着：

"天哪，天哪，你说好了打完仗跟我成亲的，为什么急急忙忙地死了呢？"

女卫生员不耐烦地劝着她：

"行了，行了，别哭了，人死了，哭也哭不活了对不对？"

小桃根本不理她，双手轮番拍打着地面，继续哭喊。

村长和民兵队长带着几个肩挎大枪的民兵走进院子，女卫生员迎上去，问：

"你们是村子里的干部吧？劝劝她们，让她们别哭了，赶快验收，我们还要去送别人呢！"

"孙大婶，宋小桃，哭几声就算了。"村长对着她们冷冰冰地说，然后他歪过头去吩咐民兵队长："把席子解开吧，让大婶看看儿子。"

民兵队长将肩上的大枪递给身边的一个民兵，蹲下身，解着把席筒与门板捆在一起的绳子。他的手因为寒冷变得很笨，解了好久也没能解开。村长用膝盖把他顶到一边，愤愤地说：

"你还能干什么？"

村长从民兵的腰里拔出一把刺刀，插到绳子和席筒之间，轻轻地一挑，绳子就崩断了。他把刺刀还给民兵，蹲下身，仔细地打量着，好像在寻找席筒的合缝处。女卫生员的脸上挂着一种嘲讽的微笑，像看一个傻瓜似的看着村长。村长恍然大悟地说：

"原来是这样的！"

他弓着腰，使出很大的力气，将席筒翻转，席筒与门板联结的地方，发出了剥裂的声音，然后就猛地张开了。一道灿烂的绿光随着席筒的张开突然地流泄出来。她的哭声一下子堵了，小桃的哭声也停止了。她看到，那些积聚的绿光像轻烟散尽之后，一个身穿绿衣的士兵鲜明地出现在眼前。她听到从众人的嘴里发出了一片惊叹。菩萨啊，她的心欢快地跳动着，不是我的儿子，他们抬来的不是我的儿子！她用肮脏的袄袖子擦着眼睛，把头低下去，一直低到离那个士兵的身体很近的地方。她嗅到了冰冷的、像结了冰的糖葫芦散出的甜丝丝的气味。死者的脸很年轻，跟她的儿子同样年轻，肯定也没超过二十岁。他没戴帽子,一绺看上去非常柔软的头发遮了他的光滑的额头。他的脸色像冻了的苹果一样,凝着一层深红的蜡光,两道柳叶状的浓眉下,漆黑的睫毛交叉在一起。这是一张年轻漂亮的脸,看上去那样宁静,脸上凝固着甜蜜的微笑,丝毫看不出这是一个死在了战场上的士兵,倒像一个正在梦中恋爱的少年,仿佛一阵歌声就能把他唤醒。他穿着一身略嫌肥大的墨绿色军装,军装的面料很好,比儿子的灰色军装要高级许多。他的脚上却没穿鞋子,连袜子也没穿,两只赤红的大脚高高地翘着,脚趾上生了好多冻疮,脚底下沾满灰色的泥巴。

她抬起头,看到众人都把头垂得很低,专注地研究着席筒里的人。连那两个蹲在墙角抽旱烟的民夫也围上来,探着头观看。村长盯着女卫生员,不停地搓着手,什么也不说。女卫生员也不停地搓着手,眼睛里跳动着惊恐不安的光芒,絮絮叨叨地说:"这怎么可能?我亲眼看着把他卷进席筒的,这怎么可能?他根本没穿这样的衣服,他的连长还亲自把他的大睁着的眼睛合上了,如果你们不信我的话,可以问问他们俩。"她指了指两个抬担架的民夫。民夫们摇着头,不肯定也不否定。女卫生员着急地说:"你们说话呀!"民夫摇着头,躲到一边去了。

女卫生员问她:"那么,老大娘,您说吧,这是不是您的儿子?"

她低下头,更仔细地观看着担架上的尸体,并且努力回忆着儿子的面貌,但奇怪的是,她竟然记不起儿子的面貌了。

民兵队长冷冷地说:"好啊,你们竟然把一个敌人抬了回来!你们把敌人的尸体抬回来,就说明你们把烈士的遗体抛弃了,很可能你们把烈士的遗体卖了,然后拉一个敌人的身体来冒充!这可不是个小问题!"

女卫生员声嘶力竭地大喊着:"你胡说!"

民兵队长把大枪往肩上耸了耸,说:"村长,我看这事得赶快往上汇报,出了事我们可担当不起!"

"别急,"村长老练地说,"也许是临时换了套衣服?这种事情打扫战场时是经常发生的,去年我就看到咱们的一个营长,穿了一套这样的衣服在大街上骑马奔跑,头上还戴了一顶大盖帽子。大婶子,你好好认认,这是不是小林?"

她努力回忆着儿子的模样,但脑子里依然一片空白。

"打仗前他不是刚回来过吗?"村长说,"小桃,你年轻，眼尖，你说吧，这是不是小林？"他又对民兵们说："你们也想想，孙小林是不是这个模样？"

小桃迷惑地摇着头，一言不发。

众民兵也摇着头，说："平时觉得怪熟，但这会儿还真记不起他的样子了……"

村长说："大婶，您说吧，您说是就是，您说不是就不是。"

她把自己的眼睛几乎贴到了士兵青红的脸上，鼻子嗅到一股熟悉的奶腥气。她畏畏缩缩地将死者额上那绺头发拢上去，看到他双眉之间有一个蓝色的洞眼，边缘光滑而规整，简直就像高手匠人用钻子钻出来的。接着她看到他的脖子上蠕动着灰白的虱子。她大着胆子，抓起了他的手，看到他的手指关节粗大，手掌上生着烟色的老茧。她心中默念着：也是个苦孩子啊！于是她的眼泪就如同连串的珠子，滴落在她自己和死者的手上。这时，她听到一个细弱的像蚊子嗡嗡的声音在耳边响起：

"大娘，我不是您的儿子，但我请您说我就是您的儿子，否则我就要被野狗吃掉了，大娘，求求您了，您对我好，我娘也会对您的儿子好的……"

她感到鼻子一阵酸热，更多的眼泪流了出来。她把脸贴到士兵的脸上，哭着说："儿子，儿子，你就是我的儿子……"

村长说："行了，小唐同志，您可以放心地去了！"

那个姓唐的女卫生员感动地说："大娘，谢谢您……"

"这里边有鬼！"民兵队长怒冲冲地说，"孙小林根本就不是这副模样，这分明是个敌人！你们把敌人当烈士安葬，这是什么性质的问题？"

她看着民兵队长的气得发青的脸，说："狗剩子，你说小林不是这个样子，那么你给我说说，他是什么样子？"

"对啊，"女卫生员说，"你说他是什么样子？难道母亲认不出儿子，你一个外人反倒能认出？"

民兵队长转身就往外走去，一边走一边回头来说："这事没完，你们等着吧！"

村长说："好了，就这样吧。"

村长大踏步地往外走去，民兵们跟在他的后边一路小跑。

女卫生员招呼了一下那两个民夫，急匆匆地走了。两个民夫跟在她的身后也是一路小跑，好像身后存在着巨大的危险。他们连担架都不要了。但转眼之间女卫员又折回来,从怀里摸出一个黑色的呢绒帽子,戴到她的头上,说:"我差点把这个忘了,你儿子的连长说,这是你儿子给你买的礼物,连长说你儿子是个孝子。"

她感到头上温暖无比,眼泪连串涌出,流到脸上马上就结了冰。

女卫生员抖着嘴唇,好像要说点什么,但没有说。她只是伸出一只手,摸了摸那顶帽子,转身就跑了。

小桃脱下孝衣,夹在腋下,不忘记提着那根柳木棍子,对着她点点头,转身也走了。

院子里只剩下她和躺在担架上的年轻人。她蹲在担架旁边,端详着他的虽然冻僵了但依然生气勃勃的脸,大声说:"孩子,你真的不是我的小林吗?你不是我的小林,那我的小林哪里去了?"

死者微笑不语。

她叹息一声,将双手伸到他的身下,轻轻地一搬就把这个高大的身体搬了起来,他的身体轻得就像灯草一样。

她将他安放在观音像前,出去拉了一捆柴火,回来蹲在锅前烧水。她不时地回头去看他的脸。在通红的灶火映照下,死者宛若一个沉睡的婴儿。

她从箱子底下找出一条新的白毛巾,蘸了热水给他擦脸，擦着擦着，小林的面貌就从记忆深处浮现出来。她将脑海里的小林与眼前的士兵进行了对比，越来越感到他们相似，简直就像一对孪生的兄弟。她的眼泪落在了死者的脸上。她将他身上的绿衣剥下来。衣服褶皱里虱子多得成堆成团。她厌恶地将它们投到灶火里，虱子在火中哔哔叭叭地响。死者赤裸着身子，脸色红晕，好像羞涩。她叹息着，说："在娘的眼里，多大的儿子也是个孩子啊！"她用小笤帚将死者身上的虱子扫下来，投到灶火里。死者瘦骨嶙峋的身体又让她的眼泪落下来。她找出了小林穿过的旧衣裳，给他换上。穿上了家常衣裳的死者，脸上的稚气更加浓重，如果不是那两只粗糙的大手，他完全就是个孩子。她想，无论如何也得给这孩子弄副棺材，不能让他这样入土。她把墙根上那个木柜子拖出来，揭开盖子，将箱子里的破衣烂罗揪出来，扔到一边。她嘴里嘟哝着："孩子，委屈你了……"

她把他抱到箱子里。箱子太短，他的双腿从箱子的边沿上探出去，好像两根粗大的木桩。她抱住死者的腿，试图使它们弯曲，但它们僵硬如铁，难以曲折。这时，走了的小桃又回来了。她看着小桃哭肿的眼睛，低声哀求着：小桃，好孩子，帮帮大娘吧，把他的腿折进去。小桃噘着嘴，气哄哄地走到墙角，提过来一柄大斧，用手指试试斧刃，脸上显出一丝冷笑，然后她紧了紧腰带，往手心里啐了两口唾沫，抓住斧柄，将斧头高高地举起来。她不顾一切地扑上去，托住了小桃的胳膊。两个人正在僵持着，就听到有人在胡同里大声喊叫：

"孙马氏，你出来！"

三

她听到有人在胡同里大声喊叫着：

"这是孙小林的家吗？"

她急忙从炕上爬起来，下炕时糊糊涂涂地栽到了地上。顾不上头破血流，她腾云驾雾般地到了大门外，看到昨天见到过的那个女卫生员手里提着一盏马灯，身上斜背着一个棕色的牛皮挎包——挎包带子上拴着一个伤痕累累的搪瓷缸子和一条洁白的毛巾——急匆匆地走过来。在女卫生员的身后，两个身穿青衣的民夫抬着一副担架，担架上捆着一根粗大的席筒。女卫生员站在她家门口，满面悲凄，低声问讯：

"这里是孙小林的家吗？"

(一九九九年)

人　与　兽[*]

又一个凌晨，札幌海面上的大团浓雾缓慢地向陆地移动。它们首先灌满了林木繁茂的山谷，然后蓬勃上升，包围了山峰与峰上丛生的灌木。黑岩壁上那道跌跌撞撞注入谷底的清泉，在雾里放出清脆神秘的音响。爷爷趴在山半腰他栖身的山洞里，警惕地谛听着清泉的声响，山下村庄里雄鸡报晓的声音和海上浪潮的低沉轰鸣。

我经常想，总有一天，我会怀揣着一大把靠我自己劳动挣来的、变成了世界性坚挺货币的人民币，坐上一艘船，沿着日本人当年押运中国劳工的航线，到达北海

---

[*] 此篇作品曾以《野人》为题目编入《红高粱家族》的早期版本。——编者注

道，按着爷爷在数百次谈话中描画出来的路线，在一个面对大海的山上，找到爷爷栖身十几年的那个山洞。

雾涨到洞口，和野蛮的灌木、繁复的藤葛混在一起，遮住了爷爷的视线。山洞里湿漉漉的，洞壁上覆着铜色的苔藓，几块坚实的棱上，沾着一些柔软的兽毛，狐狸的味道从石壁上散发出来，向他提醒着他占据着狐狸巢穴的壮举或是暴行。此时的爷爷，已忘记了他逃入山中的时间。我无法知道一个在深山老林里像狼一样生活了十四年的人对于时间的感受和看法。他或许觉得十年如一天那样短暂，或许觉得一天如十年那样漫长。他舌头僵硬，但一个个清晰的音节，在他的思想和耳朵里响起：好大的雾！日本的雾！于是，一九三九年古历八月十四日，他率领着他的队伍和他的儿子去墨水河大桥伏击日本汽车队的全部过程便栩栩如生地浮现出来。那也是一个大雾弥漫的早晨。

无边无际的红高粱从浓雾中升起来，海浪撞击礁石的轰鸣变成了汽车引擎的轰鸣，清泉注在石上的脆响变成了豆官撒欢的笑声，山谷中野兽的脚步声变成了他和队员们沉重的呼吸。雾沉甸甸的，好像流动的液体，好像盐水口子村刘小二摇出来的棉花糖，伸手就可掬起一捧，举手就可撕下一块。花官吃棉花糖，棉花糖粘在她的嘴上,好像白胡子,她被日本鬼子挑了……一阵剧痛使他蜷起四肢。他龇出牙齿,喉咙里滚出一团团咆哮,这不是人的声音,当然也不是狼的声音;这是我爷爷在狐狸洞发出的声音。子弹横飞,高粱的头颅纷纷落地,枪弹拖着长尾巴在雾里飞行,在狐狸洞里飞行,映照得石壁通亮,如同烧熟的钢铁,溜圆的清亮水珠在钢铁上滚动,鼻子里嗅到蒸气的味道。石棱上挂着一绺绺浅黄色的狐狸毛。河水被子弹烫得啾啾鸣叫,宛若鸟的叫声。红毛的画眉,绿毛的百灵。白鳝鱼在碧绿的墨水河里翻了肚皮。黑皮糙肉的大狗鱼在山谷的清泉中打扑棱,水声格外响亮。豆官哆嗦着小爪子举起了勃郎宁手枪。射击!黑油油的钢盔像鳖盖。哒哒哒!你这个东洋鬼子!

我无法见到爷爷趴在山洞里思念故乡的情景,但我牢记着他带回祖国的习惯:无论在多么舒服的床上,他都趴着——屈着双腿,双臂交叉,支住下巴——睡觉,好像一头百倍警惕的野兽。我们搞不清楚他什么时候睡觉什么时候清醒,只要我睁开眼,总是先看到他那双绿光闪闪的眼睛。所以,我就看到了他趴在山洞里的姿势和他脸上的表情。

他的身体保持原状——骨骼保持原状——肌肉却紧

张地抽搐着，血液充斥到毛细血管里，力量在积蓄，仿佛绷紧的弓弦。瘦而狭长的脸上，鼻子坚硬如铁，双眼犹如炭火，头上铁色的乱发，好像一把刮剌剌的野火。

雾在膨胀中变得浅薄，透明，轻飘；交叉舞动的白丝带中，出现了灌木的枝条，藤葛的蔓萝，森林的顶梢，村庄的呆板面孔和海的灰蓝色牙齿。经常有高粱的火红色脸庞在雾里闪现，随着雾越来越稀薄，高粱脸庞出现的频率减缓。日本国狰狞的河山冷酷地充塞着雾的间隙，也挤压着爷爷梦幻中的故乡景物。后来，雾统统退缩到山谷间的林木里，一个硕大无比、红光闪闪的大海出现在爷爷眼前，灰蓝色的海浪懒洋洋地舔舐着褐色的沙滩，一团血红的火，正在海的深处燃烧着。爷爷记不清楚，也无法记清楚看到过多少次水淋淋的太阳从海中跃起来的情景，那一团血红，烫得他浑身战颤，希望之火在心里熊熊燃烧，无边的高粱在海上，排成整齐的方阵，茎是儿女的笔挺的身躯，叶是挥舞的手臂，是光彩夺目的马刀，日本的海洋变成了高粱的海洋，海洋的波动是高粱的胸膛在起伏，那汩汩滴滴的潮流，是高粱们的血。

根据日本北海道地区札幌市的档案材料记载：一九四九年十月一日上午，札幌所属清田畈村农妇顺河贞子去山谷中收稻子，遭野人玷污……这些材料，是日本朋友中野先生帮我搜集并译成中文的，资料中所谓"野人"即指我的爷爷，引用这段资料的目的是为了说明爷爷叙述中一个重要事件发生的时间和地点。爷爷一九四三年中秋节被抓了劳工，同年底到达日本北海道，一九四四年春天山花烂漫时逃出劳工营，在山中过起了亦人亦兽的生活，到一九四九年十月一日，他已经在山林中度过二千多个日日夜夜。现在被我描绘着的这一天除了凌晨一场大雾使他更方便、更汹涌地回忆起故国的过去那些属于他的也属于他的亲人们的火热生活外，并没有什么特殊的意义，中午发生的事情另当别论。

这是一个普通的日本北海道的上午。雾散了，太阳在海与山林的上方高挂着。几片耀眼的白帆在海上缓缓地漂着，远看似静止不动。海滩上晾晒着一片片褐色的海带。捕捞海带的日本渔民在浅滩上蠕动，好像一只只土色的大甲虫。自从那位白胡子老渔民坑了他们后，爷爷对日本人，不论面相凶恶还是面相慈祥的，都充满了仇恨，所以，夜里下山偷起海带和干鱼来，他再也不产生那种一钱不值的罪疚感，他甚至用那把破剪刀把日本渔民晾在海边的渔网剪得粉碎。

阳光强烈了，山谷林间的薄雾也消逝了，海在泛白，山上山下的树木，红与黄的大叶夹杂在青翠的松与柏之间，宛若一簇簇燃烧的火苗。红与绿的浓色里有一柱柱的洁白，那是桦树的干。又一个美丽的秋天悄然降临，秋天过后是严冬，北海道严酷的冬季，促使爷爷像熊一样冬眠，一般来说，当标志着秋色的紫色达子花漫山开遍时，也是爷爷一年中最胖的季节。今年的冬天前景美好，前景美好的主要理由是，三天前他占据了这个向阳、背风、隐蔽、安全的山洞。下一步就是储存越冬的食物，他计划用十个黑夜，背上来二十捆半干半湿的海带，如果运气好，还可能偷到一些干鱼、土豆，那道清泉距洞口不远，攀藤附葛即可过去，不必担心在雪地上留痕迹。一切都证明，幸福的冬天因为山洞而来。这是个幸福的日子，爷爷心情很好，他当然不知道这一天全中国都在兴奋中颤抖，他感到前景美好的时候，他的儿子——我的父亲，骑着一匹骒马，穿着新军装，大背着马步枪，跟随着部队，集结在东皇城根的槐树下，等待着骑马从天安门前驰过那一大大露脸的时刻。

　　阳光透过枝叶，一条条射进洞口，照在他的手上。他的手指黑如铁，弯曲如鹰爪，手背上层生着发亮的鳞片，指甲残缺不全。他的手背上有刺刺痒痒的热感，这是阳光照射产生的效应。爷爷微微有了些睡意，便闭合了双眼，朦朦胧胧中，忽听到遥远的地方炮声隆隆，金光与红光交相辉映，成千匹骏马连缀成一匹织锦，潮水一般，从他脑子里涌过去。爷爷的幻觉与开国的隆重典礼产生的密切联系，为爷爷的形象增添光彩，反正有心灵感应、特异功能这一类法宝来解释一切不能解释的问题。

多年的山林生活，逼得爷爷听觉和嗅觉格外发达，这不是特异功能，更不是吹牛皮，这是千真万确的事实。事实胜于雄辩，谎言掩盖不住事实，爷爷在报告会上常说这套话。他在洞里竖起耳朵，捕捉洞外的细微声响，藤萝在微微颤抖，不是风，爷爷知道风的形状和风的性格，他能嗅出几十种风的味道。他看着颤抖的藤萝闻到了狐狸的味道，报复终于来了，自从把四只毛茸茸的小狐狸一刀一个砍死并摔出洞外那一刻开始，爷爷就开始等待着狐狸的报复。他不怕，他感到很兴奋，退出人的世界后，野兽就是伴侣和对手，狼、熊、狐狸。他熟悉它们，它们也熟悉他。经过那一场殊死搏斗，熊与他达成了相逢绕道走，互相龇牙咆哮半是示威半是问候但互不侵犯的君子协定。狼怕我爷爷，狼不是对手，狼在比它更凶残的动物面前简直不如丧家狗。与狼和熊比较，狐狸是狡猾阴险的小人，它们只能对野兔和农舍里的鸡施威风。他把两件至宝——菜刀与剪刀，攥在左右手里，臊狐的异臭与藤萝的抖索愈来愈剧烈，它在攀着藤萝上行。爷爷一直认为这次进攻会发生在深夜里，狐狸的机敏活跃从来都是与漆黑的夜晚联系在一起的，光天化日之下发动收复失地、报杀子仇的战斗大出爷爷意料之外。兵来将挡，水来土掩，比这种情况危急十倍的局面他应付过很多，所以他镇静自若。与往昔那些蛰伏的白昼比较，这个上午将会充实、充满趣味。共和国的威武马队正在海的对面接受那位高大英挺、嗓音高亢的领袖检阅，数十万人脸上挂着热泪。

那只火红的老狐狸用四个爪子抱住那根粗大的藤条，攀援到与爷爷隐身的洞口平齐的高度。狐狸的脸上带着狡猾的微笑，强烈的阳光使它眯着一只眼睛，它的眼圈黑黑的，眼睑上生着茂密的金色睫毛。这是只母狐，爷爷看到它因为失去哺乳对象肿胀起来的两排黑色乳房。肥大的红狐狸附着在紫色的藤萝上，妩媚地晃动着粗大的尾巴，像一只流里流气的大傻瓜，像一团动摇钢铁意志的邪恶的火焰。爷爷攥着刀把子的手突然感到十分疲倦，十指酸麻僵硬。问题根源在于母狐的表情，它应该是龇牙咧嘴一副凶相，而不是摇晃着色迷迷的尾巴，眼睛里流露出甜蜜的微笑，爷爷因此六神无主，手指麻木。藤条距离洞口约有二尺,悠悠晃晃。一团燃烧的火,映照得灌木叶子片片如金箔。爷爷只要一举手,就能砍断藤条,使狐狸坠入山谷,但他举不起手。狐狸魅力无穷,菜刀沉重无比。关于狐狸的传说涌上爷爷的心头,他不知道自己的脑袋里何时积淀了这么多狐狸的传说。手边没了盒子炮,爷爷的胆量减了一半,在坐骑黑马手持钢枪的岁月里,他从来没有怕过什么。狐狸在摇动尾巴的同时,还发出嘤嘤的鸣叫,好像一个妇人在哭泣。爷爷不明白自己为什么会这样犹豫、软弱,你还是那个杀人不眨眼的土匪头子余占鳌吗?他用力捏紧了腐朽的刀柄,蹲起身子,摆好进攻的架势,等着狐狸荡过来。他的心脏噗噗地跳动着,一股股冰冷的血上冲脑壳,使他的眼前出现一片冰与水的颜色,他感到两个太阳穴在针扎一样疼痛着。狐狸好像看破了他的行动计划,它还在荡着,但幅度明显减小,爷爷必须探出大半截身体才能砍到它。它的脸上表情越来越像一个荡妇。这种表情对他来说一点也不陌生。爷爷觉得,那狐狸随时都会摇身变成一个遍身缟素的女人。他终于非常迅速地探出身去,一手抓住了那根藤条,另一只手挥刀对准狐狸的头颅。

狐狸的身体自然地往下滑动,爷爷用力过猛,大半截身体探出洞外，但那红锈斑斑的刀，终于砍中了狐狸的头颅。他正想缩回身体，就听到头上一声呼啸，一股热烘烘的臊臭气息随着那呼啸下来，罩住了爷爷的身体。一只大狐狸骑在了他背上，那四只爪子紧紧地搂抱着他的双胁和肚腹，那条粗大的尾巴紧张而兴奋地扇忽着，尾上的粗毛使爷爷双股之间刺痒难捱。与此同时他的脖子上感觉到狐狸嘴里喷出来的热气，他的脖子下意识地缩起来，腿上暴起鸡皮疙瘩，很快，颈上爆发了尖利的痛楚，狐狸咬住了他。至此，爷爷才领略日本北海道狐狸的狡猾。

想缩回身去是绝对不可能了。即便能勉强挣扎回洞里，藤上受了轻伤的狐狸就会攀援上升进洞，到时，公狐母狐腹背夹击，爷爷将是死爷爷。他的脑子以闪电般的速度分析了形势，只有以死相拼，也许有一线生机。公狐的利牙猛力咬进着，爷爷感受到了狐牙与他的颈骨相摩擦的坏滋味。他把身体猛往下一蹲，破剪刀与破菜刀同时失落，他两手抓住藤条，背负着公狐狸，悬在峭壁上。

母狐狸额头上被砍出了一条血口子，流出一串串鲜艳的血珠，这是爷爷跃出洞口那一瞬间看到的情景。他脖子上的血沿着肩膀，热乎乎地流到肚子和屁股下。狐牙似乎嵌在骨头缝里，骨痛胜过肉痛七至八倍，这是他在中国总结出的经验。活的兽牙比钢铁的碎片更厉害，前者制造出的痛苦生气勃勃，后者制造出的痛苦死气沉沉。爷爷原想靠这冒死一跃，把公狐狸从背上甩掉，但公狐狸坚硬的四肢粉碎了他的如意打算。它的四肢上仿佛带着吸盘或是倒刺钩儿，牢牢地搂住爷爷的肩膀和腰肢，还有它的嘴巴、牙齿，也跟爷爷的颈子融为一体，更加令爷爷狼狈不堪的是：那只额头受伤的母狐狸，竟轻伤不下藤蔓，它攀援上升半米，瞅个真切，咬住了爷爷的脚掌。爷爷的脚虽然久经磨炼，变得不怕扎不怕刺，但终竟是父母生的皮肉，阻不住锐利的狐牙。爷爷不由自主地哀嚎起来，痛苦的泪水朦胧了他的双眼。

爷爷剧烈地晃动着身体，狐狸的身体随着晃动，但它们的牙齿并未松开，不但未松，反而愈来愈深地楔进去。爷爷，你松手吧！与其这样活着，还不如撒手利索。但爷爷的双手死死地攥着藤条。藤条活了这么长久，还是头一次承受这么大的重量，它吱吱扭扭地响着，好像在呻吟。藤条生根在狐狸洞口上方那一片山的慢坡上，那里紫色花朵怒放，花的毯承接着上边的树落下来的黄叶与红叶。爷爷就是在那里发现了脆甜多汁的山萝卜，在自己的食谱中增添了一道大菜，也是在那里发现了狐狸踩出来的弯曲小径,并顺藤摸瓜,摸进狐狸窝,摔死了小狐狸。爷爷,如果你早知道会悬在空中受苦,就不会杀死狐狸儿女,抢占狐狸洞穴了吧?爷爷面孔如铁,闭口不言。

藤条大幅度摇摆,洞上的浮土刷刷下落。艳阳高照,狐狸洞西侧那注清泉银光闪烁,蜿蜒到谷底森林中去,谷外的村庄在海滩上旋转,海上万千光辉闪烁的浪花,拥拥挤挤,一刻也不安宁。海的音乐断断续续送入爷爷的耳朵,忽而如万马奔腾,忽而似轻歌曼舞。他抓紧藤条,死不松手。

藤条对人和狐狸发出警告,人和狐狸继续折腾着。它愤怒地断裂,洞口缓缓地升上去了。爷爷抓住藤条死死不松手。悬崖上升,郁郁葱葱的山谷迎面扑来。林木间清凉的空气和树叶腐败的气息像一个温柔的大垫子,托着爷爷的肚腹。长长的紫红色藤条在空中飞舞着。爷爷看到——感觉到脚下那只母狐狸已与藤条脱离,它在下降的过程中翻着优美的筋斗,像一团天火。海水汹涌而来,浪花翻卷,犹如马的鬃毛。

在下降的过程中,爷爷没有想到死。他说自从那年在林中上吊绳子连断三次后,他就知道自己死不了。他预感到在海那边的高密东北乡才是最终的归宿。排除了死亡的恐怖，下降成了难得的幸福体验。身体似乎变得宽而薄，意识扁平透明，心停止跳动，血液停止循环，心窝处微红、温暖，像一个火盆。爷爷感觉到风把他和公狐狸剥离开。先剥离开狐狸的四肢，后剥离了嘴巴。狐狸的嘴巴似乎从他脖子上带走了一些什么，又好像把一些东西留在了他脖子里。骤然失去重负，爷爷在空中轻盈地翻卷了三百六十度。这个车轮转让他看到了公狐狸的身体和那张尖狭而凶狠的脸。公狐狸毛色青黄，肚皮洁白如雪。爷爷自然会想到这是张好皮子，剥下来可缝一件皮背心。森林的上升突然加快了，宝塔状的雪松、白皮肤的桦树、黄叶翩翩如满树飞蝶的栎树……跳跃着伸展开树冠。爷爷死死地攥着那根盘旋飞舞的藤条不放。藤条挂在一棵栎树的坚韧但舒曼的枝条上，爷爷挂在树冠上。他听到几根树枝断裂了，屁股摔在一根粗大的树杈上，往上弹起，落下，又弹起，终于稳住。在树的颤抖里，他看到两只狐狸一先一后摔在树下厚厚的腐叶里。两个柔软的狐狸竟如两枚炸弹，把腐土与腐叶砸得訇然四起，林木间两声低沉的浊响，激励得树叶嚓嚓作响，成熟的树叶则纷纷下落，落在同类的尸体上，落在狐狸的尸体上。爷爷低头看到被红叶和黄叶掩埋得五彩缤纷的狐狸，突然感到胸膛里热辣辣，口腔里甜蜜蜜，脑袋里红旗漫卷，眼前灿烂辉煌，周身没有一处是痛苦的。他心中充满了对这两只狐狸的美好感情。狐狸下落与红叶黄叶流畅优美的下落过程在他脑海里周而复始地循环着，我毫不客气地说：爷爷，你昏过去了。

　　爷爷被鸟的鸣叫声唤醒。正午的太阳火辣辣地晒着他的部分皮肤，太阳从树枝树叶的间隙里射下来一道道灿烂的金光。有几只浅绿色的松鼠在树上灵巧地跳跃着，它们不时咬开一颗栎树的果实，让白色的果仁散出微微如丝的苦香味儿。爷爷开始体会身体各部位的情况，内脏正常，双腿正常，脚上痛，有凝结的黑血和翻开的皮肉，被母狐咬的。颈痛，被公狐咬的。双臂不知所在，寻找，它们高举着，手抓着那根救命的藤条。根据经验，爷爷知道它们脱了臼。他站起来，头有些晕，不望树下。用牙齿咬开握住藤条的手指，借助腿和树，使胳膊回位，他听到骨头的咯嘣声，感觉到汗水从毛孔里渗出来。邻近的树上，有一只啄木鸟在笃笃地啄树，他立刻又感到脖子痛苦。啄木鸟的尖嘴似乎在啄着他的一根白色的神经。森林里的鸟声压不住海的涛声，他知道海近了。一低头便晕，这是下树的最大困难，但不下树无异于自杀，他的肚肠绞紧，喉咙干渴。他操纵着不灵敏的胳膊下树，腿与腹发出最大的能力，贴着树皮，吸着树皮，尽管如此，他还是仰面朝天跌在树下，腐烂的树叶保护着他。由于高度太小，绝对没有炸弹效应。酸与香与臭混合的气息从身下泛起，注满了嗅觉。他爬起来，听着水声一脚深一脚浅地走，那道泉水隐没在腐叶里，脚下有凉气上升，水从脚窝里渗出。他趴下，用手扒开腐叶，在水声最响的地方腐叶层层，像饼一样，水初盈出来时有些混浊，他稍等一下，水清了，低头便喝，清凉的泉水透彻胸腹，到后来才尝到了腐味。我想起他在墨水河里喝那游动着蝌蚪的热脏水的历史。喝满了肚子，他感觉舒服了些，有了精神，被水充斥的胃暂时不饿。他伸手去摸脖子上的伤口，烂糊糊没有形状。回忆方才剥离时，那刺痛的是狐狸折断的牙齿，咬着牙伸进一个指头去抠，果然抠出了两颗折断的狐狸牙。血又冒出来，不多，就让它流一会儿，冲洗出毒素。爷爷平心静气，排除杂念，从森林中万千气味的洪流里，辨别出"红叶金针草"的独特辛辣味儿，循着味儿去，在一株大松树的背后，找到了它。这种草药，我翻遍图文并茂的中草药词典也没找到，爷爷采了草，用嘴咀嚼成糊状，糊到伤口上，颈上的，脚上的。为了治疗头晕，他又找来紫茎薄荷，撕下叶片，揉得出汁儿，贴到太阳穴上。伤口不痛了。他在橡树下吃了几簇无毒的蘑菇，又吃了几把甜甜的山韭,运气很好,又找到一株野葡萄,放开肚皮吃了一饱,然后拉屎撒尿,爷爷又变成了精力旺盛的山妖。

他到栎树下看狐狸,狐狸的周围已经飞来飞去很多绿头苍蝇。他一向怕苍蝇,便躲开了。这时候,松树上流出的油脂散发着香味,熊在树洞里打瞌睡,狼在岩缝里养精蓄锐,爷爷本该回他的山洞,但他被海浪那懒洋洋的哗哗声吸引,竟破坏了自己昼伏夜出的生活规律,大着胆儿——他未感觉到怕——向着海浪的声音走去。

海的声音很近,海的距离有些远。爷爷穿越了这片与山谷同样狭长的树林,翻上了一道平缓的山梁。树木渐渐稀疏起来,林中有很多被砍伐后留下的树桩。他很熟悉这道山梁,但以往见它是在黑夜,这次见它是在白昼,不但颜色有异,而且气味不同。林间有些开辟出来的土地,种植着枯瘦的玉米和绿豆,爷爷蹲在田垄里吃了一些青嫩的绿豆角儿,感到舌头沙涩。他态度安详,不慌不忙,像一个无忧无虑的农民。这种精神状态在他十四年的山林生活中只出现过几次,这算一次,用铝壶在海汊子里熬出咸盐是一次,吃土豆撑了半死是一次,每一次都有特殊情况,都有纪念意义。

吃过绿豆后,他又往前走了几百米,站在了山梁的顶端上，看到了吸引着他的蓝色与灰色交错横流的海与山梁下那个小小的村庄。海边上静悄悄的，有一个看上去很老的人在翻晒海带，村子里不安静，有牛的叫声。他第一次在亮光光的太阳下接近村子，看清了日本农村的大概模样，除了房屋的样式有些古怪外，其他的如气味、情绪与高密东北乡的农村相似。一只肯定是病弱狗的怪异的嚎叫提醒他不可继续冒进，只要在白天被发现，要逃脱性命十分困难。他在一条荆条后隐蔽起来，观察了一会儿村庄和海洋的情况，感到有些无聊，便懒洋洋地往回走。他想起了丢在山谷中的菜刀和剪刀，十分恐慌，如果没有了这两件宝贝，日子会非常难过。他的脚步加快了。

在山梁上，他看到了一块玉米田，玉米的秸秆晃动，发出嚓啦嚓啦的声响。声响很近，他急忙蹲下身，隐藏在树后。玉米田约有五亩左右，玉米长得不好，一穗穗棒子短而细小，看来既缺肥又缺水。他在孩童时代，听村里老人讲述过关东的熊瞎子掰棒子的故事。他嗅到了久远的燃烧艾蒿的香气，蚊虫在艾烟外嗡嗡叫，蝈蝈在梨树上细声细气地鸣叫，马在黑暗中吃着麸皮拌谷草，猫头鹰在墓地的柏树上哀鸣，深厚的黑夜被露水打得精湿。她在玉米田里咳嗽了一声。是女人不是熊瞎子，爷爷从梦幻中醒来，他感到兴奋和恐惧。

人是他最怕的，也是他最思念的。

在兴奋和恐惧中，他屏住呼吸，集中目力，想看一看玉米田里的女人。她只轻轻地咳了一声他就感觉到了她是女人。在集中目力时，他的听力也自然地集中了，爷爷嗅到了日本女人的味道。

那个女人终于从玉米地里露出了身体。她面色灰黄，生着两只大而黯淡的单眼皮眼睛，一只瘦瘦的鼻子和一张小巧的嘴巴。爷爷对她连一丝恶感也没有。她摘下破头巾，露出头上黄褐色的乱发。她是个饥饿的女人，与中国的饥饿女人一模一样。爷爷心中的恐惧竟被一种不合时宜的怜悯情绪偷偷替换着。她把盛着玉米的筐子放在地边上，用头巾擦着脸上的汗水。她的脸上灰一道白一道。她穿着一件肥大的褂子，黄不拉叽的颜色。这件褂子激起爷爷心中的邪恶。秋风稀薄，啄木鸟单调的啄木声在树林里响，海在背后喘息着。爷爷听到她用低哑的嗓子嘟哝着什么。像大多数日本女人一样，她的脖子和胸膛很白。她肆无忌惮地解开衣扣扇风，被爷爷看了个仔细。爷爷从她那两只胀鼓鼓的乳上，知道这是个奶着孩子的女人。豆官吊在奶奶的乳房上胡闹，奶奶拍打着他的光屁股蛋儿。瘦小结实的豆官笔挺在他那匹骟马背上，松松地挽着缰绳从天安门前跑过，马蹄得得，坚硬的石板大道上，响着蹄铁。他与同伴们一起高呼着口号，口号响彻天地。他总是想歪头去看城楼上的人，但严格的纪律不允许回头，他只能用眼睛的余光去斜视大红宫灯下那些了不起的大人物。她没有理由躲躲闪闪，在一个荒凉的、没有人迹的山梁上。女人的小解很随便。她的全过程对准爷爷进行。爷爷感到血潮澎湃，伤口处一鼓一胀地疼痛，他弯着腰站起来，不顾胳膊碰响树的枝条。

那女人散漫无神的目光突然定住，爷爷看到她的嘴大张着，似乎有惊恐的叫声从她的嘴里发出来。爷爷歪歪扭扭、但是速度极快地对着那女人扑过去，他不知道自己的形象是怎么样地骇人。

不久之后，爷爷在山谷里一汪清水边，看到了自己的面孔，那时他才明白，日本女人为什么会像稀泥巴一样，软瘫在玉米田头。

爷爷把她摆正。她的身体软绵绵的任凭摆布。他撕开她的上衣，看到她的心在乳下噗噗地跳动着。女人很瘦，身上黏腻腻的都是汗水与污垢。

爷爷撕扯着她，一串串肮脏的复仇的语言在耳朵里轰响着：日本、小日本、东洋小鬼子，你们奸杀了我的女人，挑了我闺女，抓了我的劳工，打散了我的队伍，作践了我的乡亲，烧了我们的房屋，我与你们是血海般的深仇，哈哈，今天，你们的女人也落在我的手里了！

仇恨使他眼睛血红，牙齿痒痒，邪恶的火烧得他硬如钢铁。他扇着那女人的脸蛋，撕掳那女人的头发，拉扯她的乳房，拧她的皮肉，她的身体颤抖着，嘴里发出梦呓般的呻吟。

爷爷的声音继续在他自己的心里轰鸣着，现在是淫秽的语言：你怎么不挣扎？我要奸死你，日死你！一报还一报。你死了？死了我也不会放过你！

他撕开她的下衣，糟烂的布顺从地破裂，像马粪纸一样。爷爷对我说，就在她的下衣破裂的那一瞬间，他躯体里奔涌着的热血突然冷却了，钢枪一样坚挺的身子随即萎缩，像一只斗败的公鸡垂头丧气，羽毛凌乱。爷爷说他看到了她的红布裤衩，裤衩上，补着一个令人心酸的黑布补丁。

爷爷，像您这样的钢铁汉子怎么会害怕一个补丁？是不是犯了您那铁板会的什么忌讳？

我的孙子，爷爷怕的不是补丁！

爷爷说，他看到了日本女人的红布裤衩上的黑布补丁，像遭了当头一棒。日本女人变成了一具冰冷的僵尸，二十五年前那片火红的高粱又一次奔马般涌到面前，迷乱了他的眼，充斥了他的脑。凄凉高亢的音乐在他的心灵深处响着，一个音节如一记重锤，打击着他的心脏。在那片血海里，在那个火炉里，在那个神圣的祭坛上，仰天躺着我奶奶如玉如饴的少女身体。同样是粗蛮地撕开衣服，同样是显露出一条红布裤衩，同样的红布裤衩上补缀着同样的黑布补丁。那一次爷爷并没有软弱，黑布补丁作为一个鲜明的标志，牢牢地贴在他的记忆里，永不消逝。他的眼泪流在嘴里，他尝到了泪水的甘苦混合的味道。

爷爷用疲倦至极的手，把日本女人的衣服胡弄了胡弄，她肉体上的青红伤使他感到了深重的罪孽。然后，他摇摇晃晃地站起来，举步欲行走。他的腿又酸又麻，脖子上的伤口又热又胀，咚咚蹦跳，似乎在跳脓。眼前的树木和山峰突然彤红耀眼，奶奶蜂窝着一个血胸膛从很高的地方，从天上，从白云里，缓缓地跌下来，落在了他伸出的手臂上，奶奶的血流光了，身体轻软，如同一只美丽的红色大蝴蝶。他托着她向前走，柔软的高粱林闪开一条路，路光上射，天光下射，天地合为一体。他站在墨水河高高的大堤上，堤上黄草白花，河里的水鲜红如血，凝滞如油，油光似鉴，映着蓝天与白云，鸽子与苍鹰。爷爷一头栽倒在日本山梁上的玉米田里,就像栽倒在故乡高粱地里一样。

爷爷并没和那位日本女人交媾,所以,日本文史资料中所载她后来生出的毛孩与爷爷没有关系,虽说有一位全身生毛的半日本小叔叔并不是家族的耻辱,甚至是我们的光荣,但必须尊重事实。

(一九八八年)

凌乱战争印象

其实，那时候的战争并不是如我们想象出来的样子，当然谁也不敢因为我把战争想象成那个样子而把我枪毙掉——固然谁枪毙了我我就感谢谁——但战争确实不是如我想象出来的样子。

战争是什么样子只有经过战争的人知道，没经过战争的人一般都比较白，都比较阴毒、刻薄、嫉妒、功利心特强、争名夺利如蝇逐臭，我家三老爷毫不客气地这样说，一个人过了五十岁还争名夺利争权夺势一般来说都是不可灌药的王八蛋，应该让他去扛着破大枪打一场仗，让他去抬着担架看一场打仗就够了，看一场打麻湾就够了。

麻湾是一个庞大的村庄，离我们村子三十里远，游击队打麻湾前在我们村子里住了半个多月，司令部安在我家的五间正房里，我家的人多半跑到青岛避难去了，留下看家的三老爷和三老妈被挤到厢房里。

三老爷说司令部里工作繁忙，一天到晚吵吵嚷嚷不断人。这支游击队可是个大游击队，据说有三千多人，分散住在毗邻的三个村庄里。游击队司令部设在我家正房里是我家正房的光荣也是我们家族的光荣。司令部里抻出几十根电话线，电话线上经常落麻雀，一个小个子的勤务兵打一手好弹弓，左边口袋里装着一只红皮子弹弓，右边口袋里装着一堆泥巴蛋子，每逢电线上落上麻雀，他就跑出来打麻雀。他打麻雀没有十分的把握也有九分的准确，一般情况下是弹起雀落，偶尔打不下，也不是因为他打得不准而是因为麻雀太狡猾。三老爷说这个勤务兵十六岁或是十七岁，鼻子下一片又黄又细的茸毛，眼睛大大的，双眼皮，是个挺俊的小伙子。司令部里的人都喊他小宁，不知是姓宁呢还是名字叫小宁，小宁后来被姜司令枪毙了，就是在麻湾战斗打响前的一个早晨，天刚麻麻亮，小宁被拉到村南苇子湾里枪毙了。枪毙小宁前的夜晚，司令部里灯火辉煌，吵嚷声通宵不断，桌子被拍得嘭嘭啪啪响，凳子摔得嚓里咔啦响，就差没开盒子炮了。从沙口子村赶来开会的韩团长日妈操娘地骂着，三老爷和三老妈缩在厢房里，吓得整整哆嗦了一夜。他们不敢点灯,他们在黑暗中看着司令部里明亮的灯光和灯光中晃动着的幢幢人影,知道要有什么大乱子发生了。果不其然,天麻麻亮的时候,街上传来叫骂声和哭叫声。三老爷说他一下子就从嘈杂中听出了小宁的声音,小宁哭着喊:"姜司令——救救我吧——你知道我娘会想我——我没有偷卖子弹——"

三老爷说当街上传来小宁的哭叫声时,吵嚷了一夜的司令部变得鸦雀无声,明亮的灯光扑到院里的树上,树叶沙啦沙啦地响着,电话线里响着嗡嗡的通电声。

小宁的哭声出了村子,但传到院里时仿佛变得更清晰。后来听到"叭勾"一声响,"叭勾"两声响,"叭勾"三声响,"叭勾"四声响,"叭勾"五声响,"叭勾"六声响,"叭勾"七声响。三老爷说那天凌晨处决了七个人,其中一个是姜司令的一母同胞亲兄弟,好像是为了一起盗卖军火的案子。

小宁这孩子真是可惜了,他要是活着,也是六十多岁的老头子了,没准儿子孙子一大群了,军法无情,有什么办法子。小宁扎在苇湾里,脑盖都炸了,脑浆子像豆腐脑子一样涂满了苇棵子,这孩子是真正的可惜。

枪毙了人后,三老爷亲眼看到姜司令躲在厕所里流眼泪,枪毙了亲弟弟,不伤心是假的,小子,你也别反对人家走后门什么的，古来就是这样，你小子要是有本事当上了联合国的国长，三老爷也就不用在这里剥麻了。黑夜四合，一灯如金豆，照耀四壁黑亮的老墙。三老爷拿起一把麻秆，在油灯下引燃，放在地上。麻秆啪啪地燃烧着，火焰明亮，驱赶着寒冷，照亮着黑亮的墙壁。

那时候姜司令就住在这间房子里，他是个瘦高挑子，白净面皮，眼不大，嘴里镶着一颗灿亮的金牙，姜司令每天早晨都沾着牙粉刷牙，他好口才，蓬黄一带口音，听说进过矿业学院，还在报社里当过记者。姜司令写得一手好毛笔字，画一手好牡丹花，你三老妈那条缎子被面上的牡丹花就是他画的，你三老妈照着他画出来的花样子一针一线地绣……他画得可真是快……哦……可真是快……你三老妈……一针一线地绣……针扎破手指头还是绣……三老爷把一束麻秆扔进奄奄一息的火烬里，青烟冒几缕，火焰升起来，黑暗驱出去，光明升起来，寒冷驱出去，温暖升起来。

其实也怨不得你三老妈……

三老爷克搋着脸说。

姜司令司令部里听说还有一个美国顾问？

不对不对，是个美国飞行员，大高个子，满脑袋金黄头发，眉毛、眼睫毛都是白色的，眼珠子绿汪汪的，像黑狗的眼睛。他骑着一匹小白马，小白马在他胯下像条狗，姜司令每天早晨都陪他骑马出去，身后跟着四个卫兵，卫兵都披着双匣子，每人骑一匹黑马，四匹黑马好像一个模子铸出来的，胖得像蜡一样，生人不敢动，一动就"啊啊"地叫，马有龙性！那四匹黑马，啊咦！真是威武，像墨像炭，周身没有一根杂毛。姜司令骑一匹花爪子大黄马，六匹马里数着他那匹马个头大。花爪子大黄马乍一看傻不棱登的，像个半老的黄病汉子。司令部的马夫叫老万，东北乡万戈庄人，常常跟我聊大天，人挺好。马棚在前边单家的院子里，老万喂马可是精心。我和你三老妈一觉醒来，就听到老万起来给马添草的声音。老万咳嗽着，铡得半寸长的干草在竹皮筛子里嚓啦嚓啦响着，马哼哧哼哧地喷着鼻子，啪哒啪哒地弹着蹄子，炒焦的麸皮的香气在凉森森的夜气中漫开，马咀嚼草料的声音是那么好听。你三老妈无缘无故地叹一口长气，鬼知道她的心里打的什么主意。满天的星光透过窗户，村子里响起鹅叫声。后来又是鸡叫声。司令部大门口士兵换哨的声音。

  姜司令司令部的人一大早就起来，刷牙、洗脸。刷洗完毕，姜司令、美国飞行员、四个卫兵就到单家院里去了。老万早就把马备好了，满院子"咴咴"马叫声。他们一出院子就跨上马，姜司令和美国飞行员并马在前，四个卫兵勒马在后，从我们胡同里，蹄声响亮着，跑向村后大道。那些马太胖了，胖得屁股像木头一样僵硬，胖得像生来不会走，一行动就必须小跑或飞跑一样。一上大道，正逢着太阳初升，田野宽大无边，遍野的麦苗上沾着一层冰霜，太阳血红，麦苗金黄，人口马嘴里喷出一股股五彩的热气，马身上涂满了金红色，所有的马腚都像镜子一样闪烁光芒。六匹马先是小跑，沿着冻得梆硬、被风刮得干干净净的平坦大道，小跑一阵，马活动开筋骨，跑热了蹄子，便飞跑起来，冻得梆硬的大道被刮得干干净净。马蹄声像打鼓一样，六匹马二十四只马蹄翻卷着，全然看不清马蹄怎样起落，只见一地雪亮的光芒闪烁。看过姜司令带着马队清晨骑马的人，谁敢不肃然起敬！

只要姜司令的马队一上了大道，早起捡狗屎的老头，清晨搂茅草的孩童，无不停步凝视，像看着天兵和天将。姜司令部队里人一色灰军装，腰束牛皮带，司令部里人当然衣饰更加鲜明，牛皮腰带上挂着皮枪套子或是木枪套子。

马队飞跑着拐过河滩边那一抹白杨树林，又飞跑着从白杨树林后跑回来，逼近村庄时，马队放慢速度。阳光渐渐明亮，人马都倍加舒畅，马腔上一片片银子般的汗光，人脸上微微的汗星，汗湿的皮鞍具上发出熟皮革的鞣酸味道。马和人都似乎跑得大了。姜司令端坐马上，谈笑风生。姜司令会说英语吗？说得挺溜，他叽里咕噜地和美国飞行员说着洋文，美国飞行员擎着颗孩子般的大头，傻不棱登地听着。有时候他也用洋文说话，他的嘴唇不和中国人的嘴唇一个动法，怪不得说出的话来不一样。中国人说话时的嘴是这样动的。怎么动？这样动，就这样，巴哈巴哈的。美国人说话嘴唇是那样动。那样，哈哒哈哒的。我可是经心观看过的。美国飞行员像根大木桩子，直撅撅地坐在小白马上，红皮子夹克带着开胸的拉链，腚上挂着一把巴掌大的手枪，我看过他的枪，黑蓝的枪身，玉石的枪柄，真是件好宝！子弹像花生米那么大，十颗八颗恐怕也难把人打死。我总觉得美国飞行员跟姜司令坐骑的那匹花爪子大黄马好像一个娘生出来的亲兄热妹，一举一动都像，姜司令为什么不把那匹花爪子大黄马让给美国飞行员呢？姜司令骑上小白马该多精神，马是龙性，人是龙种，天衣无缝！美国飞行员骑上花爪子大黄马有多好对付，弯刀对着瓢切菜。

姜司令通鬼子话,但司令部里还有一个翻译,专门跟着美国飞行员。你别觉得游击队里净是些大字不识一筐的乡巴佬,错了,你把游击队看低了,你爷爷那种游击队是一种游击队,姜司令的游击队又是一种游击队。参谋长吕颂华,留学东洋,一口日本话说得可是好。吕参谋长戴着一副金丝边眼镜,白净脸,鹰钩鼻子,会唱京戏。电台台长栾山风(姜司令有两部电台),北京清华大学毕业,后来听说当了青岛广播电台台长。军法处长刁光旦,北京朝阳大学毕业,下一手好棋。秘书处长丁芸础,北京中国大学毕业。军医处长张法鲁,留学美国,能开膛破肚为人治病。你三老妈生头一个孩子就是张处长的徒弟接的,那是打麻湾后半年多的事了。张处长的徒弟姓唐,女的,听说是黄县一个大地主家的小姐。司令部里有六个女兵,精神着呢,她们住在四神婆子家里,不断地到司令部里来。打麻湾时小唐腿上挂了彩,在咱家养伤,刚巧碰上你三老妈生孩子。他们都说孩子像姜司令,去他娘的,像就像吧,你三老妈愿意的事,也不是你三老爷能拦挡住的。多了,记不过来了,司令部政治部里都是一窝子大学问人。你在小说《红高粱》里写的那个任副官,就在咱家住过,那时候姜司令他们叫他小任,好像也是个大学生呢,他口袋里装着一把琴,常常含在嘴里吹,像啃猪蹄爪子一样。你怎么不把他吹琴的事写进书里去呢?你这个笨蛋!

你还想知道打麻湾的事,那是阴历的二月初二,龙抬头的日子。头着好几天部队就不安稳了,又是杀猪,又是杀羊,又是包饺子。我跟你三老妈也吃得嘴唇上油汪汪的。那些日子,当兵的走起路来都跷腿跷脚,马也乱叫,马也知道要打仗了。

二月初一夜里,队伍就开拔了,满街的马蹄声,脚步声。你三老妈哭了呢!

天要亮的时候,东南角上传来了枪声,起初那枪声像刮风一样,后来又像下雨一样。

谁也不知道打成什么样子了。麻湾驻着二百多日本鬼子,黄皮子有七八百。这一仗从早打到晚。吃过晌午饭时,伤员就送下来了。小唐就是第一批送下来的。她的裤子上净是血,脸蜡黄蜡黄。一见你三老妈,小唐就呜呜地哭起来了。

伤员一批批送下来,街上尽是担架,满街的哭叫声。

枪声炮声,响了整整一天,到傍晚时才静下来。半夜时,响起了敲门声,你三老妈急忙跑去开门。

姜司令他们回来了,电棒子乱照,贼亮贼亮。后来点起了灯,几个勤务兵去打水洗脸。

灯光影里,姜司令他们都闷着头抽烟,没有人说话。参谋长吕颂华缠着白布的胳膊吊在脖子上,他的脸铁青。这一仗没打好,麻湾没打开,听说姜司令损失了五百多人。

人们都说姜司令受了美国飞行员的怂恿才去打麻湾的,吕参谋长不同意强攻麻湾。

打麻湾后不久,美国飞行员被送走了,有人说送重庆了,有人说送延安了。那家伙有个古怪的名字,叫什么"巴死"。

打麻湾的事没有亲眼见,不敢乱说,前街上许聋子去抬担架了,回来后,痴痴巴巴了好几年,你去问问他吧。

(一九八六年十一月)

革命浪漫主义

我的屁股正巧蹾在越军埋设的一颗小香瓜那么大的地雷上,我一坐下时就听到——就感觉到一声细微的叹息,好像有一个小弹簧被我的屁股压缩得很紧张,我立刻知道十分倒霉的事被我撞上了。我坐在了地雷上,那声细微的叹息是地雷的叹息。天当中午,南方的太阳毒辣凶狠,密集的野草和灌木在我周围蓬勃生长,袅袅湿气,沿着葱绿葳蕤的植物梢头上升,百鸟鸣啭,可以看到远处的山坡上盛开着一团团血一样的杜鹃花,我军的炮火在几分钟前一齐吼叫,把那个小山头打出了好些个窟窿。我们本来是跟着炮弹往越军的地窨子里扔手榴弹的,我本来是背着火焰喷射器往越军的猫耳洞里喷射火焰的,可是,我的命运不济,我一跤跌倒我就知道坐在地雷上了。我们是沿着火箭清扫出来的道路向山头进攻的,但我还是坐在一颗地雷上,可见火箭排雷也他妈的不是一扫而光,世界上没有绝对可靠的事情,你认为绝对不可能发生的事情,肯定是能够发生的事情,这才是世界。我坐在一抬腚就注定无腚的地雷上,咒骂着火箭排雷的缺德,我不是不知道我骂得没有道理,我只是觉得有点窝囊,所以骂人仅仅是一种发泄郁闷的方式,并无实际意义。连美国的航天飞机都在太空中爆炸了,中国的火箭排雷漏网一个地雷有什么稀奇。参军前我们家一匹母骡生了一匹小骡子,我们以为这匹小骡子是个怪异,不久又听说东村里一头黄牛生了一个小男孩,南村里一只母猫生了一窝小耗子,我们家的母骡生的小骡与黄牛生的男孩、母猫下的耗子比较起来算什么怪异呢?世界这么大,什么事不会发生呢?尤其是在战争中,什么怪事不会发生呢?

我带着千疮百孔的多半个屁股来到温泉疗养院疗养,我可怜巴巴地问一个很漂亮又很严肃因此十分可怕的小护士——当然是女的——医生(我总结了一条经验,见了医疗单位的人一律称呼医生保准没人不高兴),我问,我的屁股能长出来吗?那个护士把漂亮的眼睛从晚报上摘下来,看了我一眼,说:世界上什么样的奇迹都可能发生,你听着,晚报上说,台湾阿里山区一个老年妇女一夜之间头上生出两只金光闪闪的角。沈阳市一个姓王的青年妇女两只大辫子长达二米八十六公分,梳头时要站在一个特制的高凳上,一节一节梳理。苏联古尔吉斯有一位妇女,肚脐眼里经常分泌出小颗粒的金刚石。你好好洗我们的温泉,我们的温泉里包含着多种人体发育必需的矿物质,没事你就到池子里泡着去,泡在池子里你什么都别想,练太极拳要意守丹田,你洗温泉要意守屁股,你一定要坚信,我能生出屁股,我一定能生出屁股。

疗养院对我特别优待,让我和一个三〇年参加革命的老红军共用一间水疗室,水疗室里有两架藤床,两双拖鞋,两个衣架,两个水疗池子,地面都铺了瓷砖,干净整洁舒适。环境如此好,空气如此新鲜,温泉水呈杏黄颜色,似有一股兰麝香气。我坚信,在这间水疗室里我一定能生出个崭新的健康的屁股。跟那么多世界性奇事比较起来,我如果不能再生出个漂亮的屁股只能怨我自己懒惰。我本来是有屁股的,我有过一次生长屁股的经验,与头上生角比较要容易得多;我的屁股还残存着一部分,就像被砍伐的树木,树干虽倒,树根犹在,只要营养足够,就没有理由不生长。

进行温泉水疗的第一天,我就和那个老红军混得像爷爷与孙子一样熟。那个既漂亮又严肃的小护士告诉过我，这个老红军天真活泼，超级幽默，一点都没有老革命盛气凌人的架子，喜欢无穷无尽地开玩笑，是个典型的"革命浪漫主义"。我说，医生姐姐，是不是"革命乐观主义"比"革命浪漫主义"更确切些。小护士严肃地说：小男孩，小傻瓜，你懂什么？你多大啦？我说：我什么都懂！我十九岁零三个月啦！小护士龇牙一笑，我忽然发现她两颗门牙很长很尖锐，我猜想她吃了至少十吨西瓜，啃瓜皮把门牙练长了。但这两颗长门牙生在她的嘴里显得严肃活泼，充满"革命浪漫主义"精神。她笑的时候，鼻子上的表情极像我的妈妈。我从前线上撤下来，妈妈去医院看我，妈妈抚摸着我的耳朵，凄凉一笑，她的鼻子上布满皱纹。小护士笑的时候，鼻子上同样布满皱纹。她不笑了，鼻子上的皱纹立刻消失，嘴唇抿紧，长牙亦不见。她说：我四岁的时候，已经背熟了白居易的《长恨歌》，那时候，你还在你妈妈的子宫里喝羊水呢！你应该知道，"革命乐观主义"是一种精神，"革命浪漫主义"是一种人格！去去去，找老红军水疗去吧，见了他就叫老爷爷，然后学一声猫叫。

她把我推出值班室，拿起电话听筒，咯吱咯吱地拨号。电话要通，我听到一个男子的声音在电话里响，我心里酸溜溜的，恨电话里那个男人。我抬起腿，踹了一脚值班室的门，然后一瘸一颠地走下楼梯。

在去水疗室的路上我想，等我把新屁股长出来，一定要向长牙小护士展开猛烈进攻，我要跟她结婚，让她给我生个门牙颀长、鼻子上有皱纹的儿子。

水疗室里雾气腾腾，右边的藤床上散乱地扔着一堆衣服，右边的池子里有泼剌剌的水声，我蹲下，蹲在无蒸气的空间里，看到一个肥大的老头子在水疗池中蛙泳。我遵照着现在是管辖着我的小护士将来要受我管辖的妻子的教导，大叫一声老爷爷，然后，学了一声猫叫。本来我想学的是天真的小狸猫的叫声，叫出口来，竟变成大黑猫发情的嚎叫。

老头子吸了一口温泉水，腮帮子鼓得像两个小皮球，我还以为他要把水咽到肚子里去呢，他却把水喷到我身上，水柱笔直有力，说明他肺活量相当大。他"汪汪"叫了两声，惟妙惟肖的一只小狗的叫声。

我叫"咪呜"，他叫"汪汪"。咪呜——汪汪——咪呜——汪汪——咪呜汪汪咪呜汪汪，咪呜汪汪合鸣着，我们的友谊从此开始。

小鬼，快脱衣服。他催促我。伤残之后，我一直羞于将残缺不全的屁股示人。事到如今，顾不上羞耻，没有屁股是我肉体上的耻辱是我精神上的光荣,我的屁股在温泉水里泡泡,何况是能再生的。我脱了衣服,站着,我的头弥漫在团团簇簇充满硫磺气息的蒸气里,我什么都看不见。我的屁股在没有蒸气的空间里,那里凉森森的,我知道这个老革命正在研究着我的屁股,我的神经外露感觉敏锐的伤残屁股上有两点麻酥酥地发痒,一定是他的目光。

怎么搞的,小鬼?他的声音从雾下传来,重浊而凄楚。

被越军的地雷炸的,真他妈的窝囊!我说,老革命爷爷,你说我窝囊不窝囊,我本来是第一流的突击队员,我本来是背着火焰喷射器冲在最前面的,我本来是要立大功的,我本来是能够成为一个真正的英雄的,可是我摔了一跤,一屁股坐在了一颗抬屁股就炸的地雷上。

他转过身来看看我。他在朦胧中对我说话。我想,站在老红军爷爷面前就应该像站在上帝面前一样,没有什么可以掩饰的,于是我转过了身。我听到他高兴地笑起来,他说:很好很好,没把传宗接代的家伙炸掉就有希望,革命一代传一代,革命自有后来人。这是不幸中之大幸。

坐在那颗地雷上,我一动也不敢动,尽管战后我说我之所以一动不动是怕一抬屁股引起地雷爆炸,炸伤别的战友,影响部队战斗力。这样解释合情合理,没人认为我是在撒谎。我确实是个勇敢的战士,要不是坐在了越军的地雷上,我要么是英雄,要么是烈士。可是我运气不好,我坐在地雷上,看着战友们跌跌撞撞地向敌人的阵地冲去,道路根本不是道路,他们无法不跌跌撞撞。后来,敌人阵地上响起了手榴弹的爆炸声,响起了喷火器的疯狂呼啸。战友们腾跳闪挪,如入无人之境。在强烈的爆炸声中,黑色的泥土像一群群老鸹漫天飞舞,起码有两个完整的越南人像风筝一样飘起来,飘起好高好高,然后才慢慢下落。我远远地注视着这场战斗,鼻子一酸,眼泪像泉水一样涌出来,我也说不清为什么要哭。

尽管有惊天动地的爆炸声,有从洞口里猛烈地溢出来的凶猛火焰,有流血有死亡有鬼哭狼嚎,但是,一个奇怪的、荒唐的念头总在我心头萦绕:这好像只是一次军事演习,而不是一场真正的战斗。真正的战斗在我的心目中要比这英勇悲壮得多,要凶狠残酷得多。我总觉得我的战友们在下意识地重复着我们在"拔点"演习中形成的一整套动作。这一定是因为我坐在地雷上的缘故。

有一段时间我很轻松，那时候我面前的光秃秃的山头上异常安静，阳光照在红色的泥土上，红色泥土瑰丽多姿。战友们伏在一个山洼里，都一动不动，好像睡着了。没有枪声，没有炮声，一切都像睡着了。难道这里真是不和平吗？几分钟前，战友们笨拙运动的身躯，战友们背负重载脚踏泥泞投弹喷火的可怖面孔果真存在过吗？十几分钟前那一道道明亮炽热的火箭炮弹果真划破过南方沉郁的天空吗？我的屁股下果真坐着一颗一抬即炸的地雷吗？

我甚至就要悠闲地、像我在家乡牧牛时从牛背上跳下来那样从地雷上跳起来，但这时，伏在洼地里的战友们慢吞吞地爬起来，他们一个个被炮火硝烟呛黑了脸，他们的迷彩服破破烂烂，周身沾着烂泥，他们精疲力竭地往下撤，踉踉跄跄，慌慌张张，好像随时都会摔倒的样子，原来即便是胜利者的撤退，也不像电影上演的那样从容大方。这时，我恍若梦醒，知道战斗已经胜利结束，我们摸爬滚打吃尽千般苦头演习过的这场"拔点"战斗像闪电一样结束了，而我，竟然还别别扭扭地坐在越南人的地雷上。

清醒过来的越军开始往山头上开炮，他们知道躲在掩体里的自己人都停止了呼吸,所以他们毫无顾忌地炮轰着自己的阵地。弹片疾飞,把空气撕扯得裂帛般响。散开!散开!我们突击队的队长声嘶力竭地吼叫着。他戴着花花绿绿的钢盔,脸庞显得很短。一颗炮弹在离地一米处爆炸,三个战友飞上了天,我们队长身体瘦弱,所以他飞得最高。后来我想,这个省略了大前提的三段论未必正确。我们队长生前曾批评我喜欢乱下结论,我说我学过形式逻辑,我们队长说形式逻辑学得二五眼比不学形式逻辑还要可怕、可恶、可恨。

① 在同样的爆炸气浪冲击下,身体重量最轻的人飞得最高。(大前提)

② 我们队长身体瘦弱。(小前提)

③ 所以他飞得最高。(结论)

我查阅了形式逻辑辞典,知道我犯了若干错误。我感到我对不起队长,他可是大学中文系毕业的,他的逻辑严密,像钢铁长城一样无法突破。为了哀悼队长,我深刻地对照检查我的逻辑错误。第一,我在小前提中偷换了概念,"身体瘦弱",并不一定"身体重量最轻"。进一步讨论,外观上瘦弱并不一定本质上瘦弱,我们队长的瘦弱仅仅是外观上瘦弱,他跑起来比野兔子还要快,他在单杠上像风车一样旋转,他和人家掰手腕曾经把人家的手腕子掰断过，他吃饭从来不咀嚼，他消化能力好，我们认为他吃钢锭拉铁水，吃石子拉水泥，我们队长其实是钢筋铁骨。第二，我的大前提概括不全，我忘记了风向、地势、角度诸因素。

我们的队长在爆炸气浪中飞快地上升，是我亲眼看到的。他的四肢优雅地舒展着，他的脸上阳光灿烂，他的迷彩服上五彩缤纷，鲜红的血珠像一片片飘零的花瓣轻巧下落。我认为队长是一只从烈火中飞升起来的金凤凰，他的羽毛灿烂，他一定是到太阳里去叼金子去了，这是我奶奶在凄凉的星光下多次讲给我听过的故事，那时候夜深如海，篱笆上蝈蝈鸣叫，清净的露珠从星星的缝隙里滴下来。我坚定不移地认为，沉重地落下来，摔在泥泞里的不是我们队长，或者，那仅仅是我们队长的躯壳，我们队长的灵魂已经飞升，轻飏飞升，他的翅膀上流光溢彩，美丽非凡。

队长飞升上天那一瞬间，我忘记了屁股下坐着的地雷。我像灌木丛中被惊起的麻雀，斜刺里射向我们队长，我的嘴里还高叫了一声队长。队长是好人，是我的好朋友，虽然队长经常毫不留情地踢我的屁股，但我还是认为队长像我的亲哥哥一样。我跳得也很高，我只是感觉到屁股上被猛托了一把，然后天空和大地调换了几次位置。我一头扎在野草里。

真的,老红军爷爷,不是骗您,我本来是可以立大功当大英雄的!我赤裸裸地站在老红军面前,好像站在上帝面前一样。

他说,小鬼,战争嘛,战争中什么怪事都有,抗日战争时期,八路军一二〇师一个战士把一颗子弹打进了一个日本士兵的枪口里,你信不信?我被一颗子弹把传宗接代的工具打掉了,你信不信?你快进池里去泡着,让你的屁股慢慢往外长。

我战战兢兢爬进滚烫的温泉水,屁股又痛又痒,额头上汗水淋漓。

躺在池里,我和老红军处于同一平面上,温泉里升上去的雾气如同旋转的华盖,笼罩在我们头上。我看着老红军,他有一颗又大又圆的头颅,鼻子通红,眼睛明亮,闪烁着智慧狡猾之光。他在水里俯着,手刨脚蹬,酷似蟾蜍游泳。

我的屁股上热辣辣地疼痛,我想起长牙护士让我意守屁股生长屁股的叮嘱,便意守屁股,幻想着屁股像出土的竹笋一样滋滋生长。但越是意守屁股,它越是疼痛,发麻发痒。老红军孜孜不倦地练着蛙泳,我猜想这是他发明的一种水中健身体操。

我把意念从屁股上移开，问老红军：老爷爷，您会游泳吗？

他操着一口浓重的闽南话说：会游泳？会游泳早就淹死啦。

老红军对于战争的回忆支离破碎，但滔滔不绝。他说过草地前夕，他们渡过一条河，河水滔滔，河名阿坝。队伍过河时，正值河水暴涨，过河的战友们起码有一半被淹死。有一个水性极好的连长，一到河心就沉了下去，老红军说连长沉下去前回头望了他一眼，好像示意他不要下河，又好像命令他立即下河。突然间河边剩下寥寥几个人，有蹲着的，有站着的，全是六神无主、心慌意乱的样子。他坐在河边草地上，望着滚滚的河水，想起了家乡，想起了刚刚被淹没的连长在河里洗澡时的情景。后来他想起了干粮袋里还有一碗炒焦了的青稞麦，肚子咕噜噜响。河里水声响亮，他连狗刨水也不会，下河必死无疑。淹死了也要做个饱鬼，他说，我从干粮袋里抓着青稞麦咀嚼着，越嚼越香，越嚼越饿，起初是一把一把地嚼，后来是一撮一撮地嚼，最后是一粒一粒地嚼。我回头看到没过河的人都在一粒一粒地咀嚼着青稞麦。一抬头看到红日西沉，干粮袋都翻过来了，下河的时候到了，这时奇迹发生，河里的水突然跌落，远处的河面上露出了一座木桥，我们都从河边草地上蹦起来，刚吃了青稞麦，浑身是劲，飞跑着过了桥，去追赶队伍，这时后悔着不该一次把所有的青稞麦都吃光。你们现在打仗，大米白面随你们吃，好枪好炮随你们放，打的都是林彪式"短促出击"！

他停止蛙泳，从水池子里爬出来，站在白瓷砖铺成的地面上。我看到了子弹留给他的痛苦疤痕。他意识到了我看到了什么，他说：这就是战争，没有那么浪漫，战争不浪漫，革命是浪漫的。你小子丢了一瓣屁股，是马克思看你年轻。

过了河，追了一晚上部队，追上了。第二天早晨饿得就不行了，野菜树皮都被前边的队伍吃光了。当然当然，你说的也对，有时前边的队伍也留给后卫部队一些粮食，有时饿急了就顾不上了。

我是五军团，军团长罗炳辉，从奴隶到将军，罗胖子，那匹马被他骑得瘦骨伶仃。罗炳辉过河时差点淹死，是拽着马尾巴挣扎到对岸的。

听到他说起罗炳辉这个赫赫战将，我心中崇拜的英雄，竟然差点淹死，那么狼狈，我的感情上难以接受，便从池中折起身，怒吼：你侮蔑红军！

你见过红军吗？

见过。

在什么地方见过？

在电影上。

电影是革命浪漫主义，不能信的。

老红军严肃地教育我，革命不是请客吃饭，不是做文章，不是绘画绣花，不能那么雅致，那么文质彬彬。革命是暴动，是一个阶级推翻另一个阶级的暴烈的行动。我说这是毛主席的话，他说是毛主席的话，毛主席过草地时躺在担架上让人抬着走，头发老长，脸皮灰黄，毛主席也饿得肚子咕噜噜响。我问他听到毛主席的肠子咕噜噜响了吗？他说听到没听到都一样，反正毛主席过草地时也饿得半死不活。

老红军索性不进池子了，光溜溜地站在我的水疗池边上，像话剧演员一样为我表演着他在过草地之前的革命历史。我相信他说的都是真理，因为真理都是赤裸裸的，老红军就是赤裸裸的。

头天过了阿坝河，第二天，被饥饿折磨着，满街找吃的，像一条饿疯了的狗。草根树皮都被吃光了。找老百姓？在中央苏区还可以，可是我们失败了，我们在撤退，国民党诬蔑我们青面獠牙，杀人放火，老百姓早就跑光了。我徜徉在街上，忽然，有一股焦香的味道爬进我的鼻孔,我循着味道前行,曲曲弯弯,左拐右拐,来到一个马厩。我们的卫生队长正用一盘手摇小石磨粉碎炒焦的青稞麦。我使劲地搧动着鼻孔,凑到石磨前,没话找话地说:卫生队长,您磨炒麦?卫生队长警惕地看我一眼,不说话。我说卫生队长炒面一定比炒麦好吃吧?卫生队长低头摇磨,不理我。炒面的香味像小虫子一样在我的鼻孔里爬,在我喉咙里爬。我伸手抓了一把炒面掩到口里,炒面呛得我连声咳嗽,我双手捂着嘴,生怕把炒面浪费掉。咳嗽平息,炒面进肚,饥饿更加强烈,我望着卫生队长,卫生队长也望着我。我的眼里流出了眼泪,卫生队长的脸神经质地抽搐着。

我站起来,晃晃荡荡地向马厩外走去,我听到了阿坝河里澎湃的水声。身后有脚步声,是我们卫生队长,他拍了一下我的肩头,说:同志哥,不是我小气,你知道,有那把炒面,我也许就过了草地;没有这把炒面,我也许就过不了草地。

我知道卫生队长说得不错,关键时刻,一把炒面就能救一条性命。

我一把炒面也没有,我的干粮袋翻了个底朝天,草地茫茫无边,我是注定过不去啦。突然,有个人跑来对我说,八连在西村起出了一窖粮食,还没分配。我想起八连的指导员胸口受伤那天,是我把他从火线上背下来的,我是他的救命恩人,不跟他要粮,跟谁要粮?

我飞跑到八连,找到指导员,拍着空空的干粮袋说:指导员,您救我一命吧!

指导员把我带到粮囤边,我急急忙忙脱下一条单裤,把裤腿扎紧。指导员摘下我的干粮袋,当着两个持枪护卫粮囤的战士,用一只小搪瓷碗往我的干粮袋里装粮食,他用一块小木板,把每一碗粮食都刮得平平的。一碗两碗三碗,六碗七碗八碗。两个站岗的战士目光灼灼,使我脊背一阵阵发凉。装了八碗后,指导员说:行喽,同志,不能多给你啦!指导员转过身去跟两个站岗的士兵说话,趁着这个机会,我又赶紧盛了一碗粮食装进了干粮袋。

温泉水凉了,水疗室里雾气消散,老红军打了一个响亮的喷嚏。

我说,老革命,快披上衣服,防止感冒。

他说,我从来不感冒。你听我说,我要用亲身经历过的铁的事实,粉碎你头脑中的虚假革命浪漫主义观念,帮你树立真正的革命浪漫主义观念。

他跳进池子,拔掉塞子,放掉凉温泉,换上热温泉。他让我也换水,他说水不热血液不循环,要生出新屁股比登天还难。

　　蒸气重新升腾起来，在我们头上盘旋如华盖。泉水滚烫，灼人肌肤，我的屁股早已丧失知觉。我用手摸了一下它，似乎比初入池时膨胀了一些，我的心顿时被希望之光照亮了。

　　老红军像一条隐匿在泉水中的大娃娃鱼，说话声如同从遥远的洞穴中传来。他说，贵州苗山地区的茅坑特别深，掉下去要淹死的。我们到达那里时，老百姓也跑光了。夜晚漆黑，伸手不见五指，我的班长要去拉屎，又怕掉进茅坑，他点起一把稻草，举着，像举着火炬照耀道路。他光顾脚下，忘了头上，头上是低矮的草棚，早就点着，风随火起，一片刮刺刺的火光，照得半山通明。第二天集合，我们都坐在地上，班长就坐在我前边。军团保卫局长训话，训完话就问：昨夜里是谁弄起的火？我们班长站起来说：报告局长，是我不小心弄起的火。

　　军团保卫局长盯着我们班长看了一分钟，他的眼睛蓝幽幽的，满下巴的黑胡子扎煞着，十分威严。我们班长满脸愧疚地站着。

　　军团保卫局长低沉地说：把他捆起来！

保卫局里两个干部走进队伍，把我们班长扭着胳膊拉出去，用绳子反剪了背，我们班长挣扎着，吼叫着：我不是故意的！不是故意的！

保卫局长说：拉出去，枪毙！

班长带着绳子跪倒，哭着喊叫：局长，我参加革命五年多，身经百战，大功小功都立过，大错小错都犯过，饶了我吧，让我戴罪立功，让我北上革命……

保卫局长一劈手，那两个干部把我们班长拉到一片草地上，让我们班长站着，他们退后三步，两人好像互相推让着，显出十分谦虚的样子。后来，一个干部闪开，另一个干部拔出手枪，瞄准我们班长的后脑勺开了一枪。班长一头栽倒，两条腿在草地上乱蹬崴。那两个干部低垂着头，提着手枪，无精打采地走过来。

枪声一响，我心里一阵冰凉，前后不到十分钟，我们班长就完蛋了，死前连一句口号都没喊，死后只能蹬崴腿，像条狗一样窝囊。

班长的背包就在我的膝前，班长的破了边的大斗笠靠在背包上。斗笠上四个鲜红大字，一颗耀眼红星。我和班长都是中央红军。

队伍继续前进，我们班长就伏在那里，背上蒙了一张白纸布告。

为什么要枪毙班长?我怒吼着,身体在池水中像鲤鱼一样打了一个挺,屁股无有,动作不灵,头颈入水,一口温泉灌进喉咙,温泉水有一股浓烈的硫磺味,麻辣着我的口腔和喉咙。

他罪不该杀,顶多给个警告处分!你们这些红军干部太残酷了。

小鬼,你的"虚假革命浪漫主义"根深蒂固,一时半响难以消除,你听说过诸葛亮挥泪斩马谡吗?

马谡失了街亭,罪大恶极;班长烧了间草棚,算个什么?

小鬼,国民党到处宣传共产党杀人放火,苗民惧怕,躲到山上,夜里草棚火起,苗民们一定在山上观望,这不正应了"杀人放火"的说法吗?所以保卫局长从革命利益出发,枪毙了我们班长,这个决定是英明的。

我泡在滚烫的泉水里,心里竟像冰一样凉。

老红军滔滔不绝地说着,但声音愈来愈模糊,好像池塘里沼气上升的声音。我头上冷汗不断,我意守屁股,屁股,当我在穿衣镜上第一次看到我伤愈后的狰狞屁股时,我怪叫了一声。我痛恨越南人为什么不把地雷造得大一点。躺在泉水里,如同趴在担架上,晃晃悠悠，晃晃悠悠。我几个月里一直十分倒霉地趴着，当我失去了屁股时，我才意识到屁股的重要意义。没有屁股坐不稳，没有屁股站不硬，人没有了屁股如同丢掉了尊严。我踯躅在大街上，看到裹在牛仔裤里那些小苹果一般可爱的屁股，心里酸溜溜的，那股酸溜溜比从护士电话筒里传出来的男人声音更强烈。护士有两个颀长秀美光洁如玉的门牙，有一根布满皱纹的鼻子，什么时候她才能给我生一个门牙颀长鼻子上布满皱纹的儿子呢？这当然是幻想，幻想是一个人最宝贵的素质……正当梨花开遍天涯河上飘着柔缦的轻纱喀秋莎！喀秋莎像一道道贼亮的银蛇，飞向光秃秃的红土山头，山上尘泥飞舞，硝烟弥漫，那时候我屁股上的神经高度紧张，我把身上的武器弹药卸下来，正欲飞身一跃时，我们队长已经飞上了天，另一个战友被拦腰打成两段，弹片呼啸着从我头顶上掠过，击中了一只惊慌逃窜的飞鸟。我们的迷彩服比美国兵的迷彩服还要漂亮，老红军对这身迷彩服极端反感，我们队长认为迷彩服最能显示军人风度。老红军说他被子弹打掉传宗接代的工具之后，曾要求连长补他一枪，连长踢了他一脚，并给了他一个留党察看处分。我姐姐给我介绍了一个对象，她要我陪她跳舞，我说走都走不好，还跳什么舞。她说她想疯狂地跳疯狂的迪斯科，我说你自己跳去吧，她跳去了，我坐在沙发上抽"凤凰牌"香烟，喝"青鸟牌"汽水。烟雾缭绕中，我们队长飞向太阳，他的羽毛上金光灿烂。我的女朋友浑身颤抖，手指叭叭地剥着"榧子"，她的疯狂扭动的屁股上表情丰富。我起身走出舞厅，走上大街，街上细雨霏霏，汽车的尾灯射出的光芒像彩色的雾一样飘摇着，我再也不想见这个女人啦，她用她丰满生动的屁股嘲弄我，她当我的面大跳迪斯科就如同对着我的额头放了一个响屁，臭气冲天。我狠狠地啐了一口唾沫，一个中年人走到我身边，严肃地说：根据市政府规定，随地吐痰者罚款五角。我说我吐的是唾沫！他说唾沫和痰之间没有不可逾越的鸿沟。我付给他一元钱，他说找不开钱，我灵机一动，又往地上啐了一口唾沫，我说一口五角，两口一元，甭找了。他说：根据市政府规定，对卫生监督人员进行侮辱诟骂，罚款五元！我愤怒地骂：他妈的！他说：十元！你再骂，骂一句十元！我说：大叔我错了，我只有五元一角钱，给您五元，剩下一角我还要买车票回家。他通情达理地说：行啊！他递给我一张发票，我说不要，他说拿着吧，让你们领导给你报销去。

我的屁股在温泉里飞速生长着，这是我的美好愿望,世界这么大,只要有决心,什么人间奇迹都可以创造出来。没有人可以有人,没有枪可以有枪——这是老红军说的,没有屁股可以生出屁股——这是长牙小护士说的。在温泉里,我几乎要睡着了,也许我已经睡着了。我开始做梦,梦境纷纭,只记住我的新生的屁股如新出笼的馒头一样白净松软,我向长牙小护士求爱,长牙小护士说:哎呀呀,你这个毛头孩子,我儿子都快一米高了,同志,你动手晚了点!

我难过地哭起来。

男儿有泪不轻弹,只因未到伤心处。

小鬼,你怎么啦?老红军披上浴衣,对着走廊大叫:护理员!

革命浪漫主义与虚假革命浪漫主义的根本区别在于:前者把人当人看,后者把人当神看;前者描画了初生的婴儿,不忘记不省略婴儿身体上的血污和母亲破裂的生殖器官,后者描画洗得干干净净的婴儿躺在母亲温暖的怀抱里,母与子脸上都沐浴着天国的光辉。

革命浪漫主义者讲述了长征途中一件真实的事情:一个团政委晚上喝了酒,醉眼朦胧地摸进女战士的宿舍。宿舍里并排睡着二十个女战士。团政委刚点着灯,就有一股凉风把灯吹灭,刚点着就吹灭。点着,吹灭;点着吹灭……管理处长在远处看到女兵宿舍里的灯明灯灭,便大声喊叫:你们干什么,闹鬼了吗?——这个故事好熟悉,我于是怀疑革命浪漫主义者也是个二道贩子。

我问老红军:长征路上,你摸过"夜老四"吗?

他说:摸你妈的鬼哟,人都快饿死喽,还顾上去摸"夜老四"!

我问老红军:为什么长牙护士称你为"革命浪漫主义"?

他说:我爱唱歌。

我陪同着老红军走在疗养院落满了金黄梧桐叶的水泥路上,白头叠雪,红日西沉,疗养院里饲养的白唇鹿和扭角羚踏着落叶跑来跑去,山下阳光温暖,山上,在古老的烽火台左右的山峰上,白雪闪烁着滋润的寒光。老红军拉开苍凉的嗓门,唱起了据说是过草地时的流行歌曲:

  牛肉本是个好东西,
  不错呀!
  吃了补养人身体,

是真的!
每天只吃四两一,
不错的!
多吃就会胀肚皮,
是真的!

(一九八六年十二月)

图书在版编目(CIP)数据

儿子的敌人/莫言著.—杭州：浙江文艺出版社，2019.4
(2024.10 重印)
ISBN 978-7-5339-5554-0

Ⅰ.①儿… Ⅱ.①莫… Ⅲ.①短篇小说-小说集-中国-当代 Ⅳ.①I247.7

中国版本图书馆 CIP 数据核字(2019)第 002491 号

策划统筹　曹元勇
责任编辑　周　语　李　灿
特约编辑　庄馨丽
封面设计　人马艺术设计·储平
责任印制　吴春娟

儿子的敌人
莫言　著

出版　浙江文艺出版社
地址　杭州市环城北路 177 号　邮编：310003
网址　www.zjwycbs.cn
经销　浙江省新华书店集团有限公司
印刷　上海中华商务联合印刷有限公司
开本　787 毫米×1092 毫米　1/32
字数　128 千
印张　7.875
插页　4
版次　2019 年 4 月第 1 版　2024 年 10 月第 6 次印刷
书号　ISBN 978-7-5339-5554-0
定价　42.00 元

版权所有　侵权必究
(如有印、装质量问题，请寄承印单位调换)